KAPITELWERK

Cary Ponsar

Hör, wie sie schreien.

KAPITELWERK

© 2020 Cary Ponsar

Verlag: KAPITELWERK

Cary Ponsar
c/o autorenglück.de
Franz-Mehring-Str. 15
01237 Dresden

ISBN
Paperback   978-3-9822674-0-1
Hardcover   978-3-9822674-1-8

Das Werk, einschließlich seiner Teile, ist urheberrechtlich geschützt. Jede Verwertung ist ohne Zustimmung des Verlages und des Autors unzulässig. Dies gilt insbesondere für die elektronische oder sonstige Vervielfältigung, Übersetzung, Verbreitung und öffentliche Zugänglichmachung.

*„Was du nicht willst, dass man dir tu,
das füg auch keinem andern zu."*

Das Spiel beginnt.

Sie hatte es vorgeschlagen. Die Idee war in ihrem Kopf entstanden, in diesem wunderschönen Kopf mit den langen, blonden Haaren. Die Schlampe warf ihre goldene Mähne gerne über die Schulter und reckte ihrem Gegenüber dabei die Brüste entgegen. Er beobachtete sie und überlegte, ob das junge Ding die Macht spürte, welche ihr Äußeres ihr verlieh. Natürlich war es ihr bewusst, wies er sich selbst zurecht. Das Mädchen war sich ihrer Wirkung absolut bewusst – und sie nutzte diese nur zu gerne aus.

Wie konnte jemand mit so einem faszinierenden Äußeren nur so böse, so hässlich, im Inneren sein? Sie glänzte mit ihrer wundervollen Erscheinung und sonnte sich im Rampenlicht der Bewunderung von Anderen, der Bewunderung des niederen Volks, das zwanghaft versuchte, einen Hauch von Aufmerksamkeit zu erhalten. Wer wollte sie nicht, die Beachtung und Gunst der Königin? Zum wiederholten Male fragte er sich, ob die Schar um sie herum einfach nur dumm war, oder ob jeder von ihnen hoffte, dass etwas Sternenstaub auch auf sie hinunterrieseln würde und sie ein Stück vom leckeren Kuchen der Beliebtheit abbekämen.

Er kam ein kleines Stück aus seinem sicheren Versteck hervor und überlegte, ob er bereits jetzt handeln sollte. Je früher dem wunderschönen Vögelchen die Flügel gestutzt wurden, desto mehr Unheil konnte verhindert werden. Wozu also noch warten? Jeden Moment würde sie ihre Gruppe, ihre Untertanen, verabschieden und ihren Weg allein fortsetzen. Warte noch, rügte ihn die Stimme in seinem Kopf. Alles zu seiner Zeit, wir wollen nicht riskieren, dass das freche Vögelchen davonfliegt.

Würde das passieren, dann wäre sein Plan gescheitert. Und es war seine verfluchte Pflicht, hier und jetzt für Ordnung zu sorgen und das Gleichgewicht wiederherzustellen. Es musste endlich Gerechtigkeit herrschen, irgendjemand musste die Verantwortung übernehmen und die Täter zur Rechenschaft ziehen.

Endlich wandten sich ihre Bewunderer ab und winkten der Königin fröhlich nach, als sie hoch erhobenen Hauptes davonschritt. Sahen sie nicht, dass sie nicht der gute, ehrenwerte Engel war, sondern das personifizierte Böse, der Teufel, versteckt in einer wunderschönen Hülle? Er schnaufte verächtlich. Natürlich sahen sie es nicht. Die aufgestachelte Meute tat immer alles für die Herrscherin und die Mitläufer waren genauso verantwortlich wie sie. Alle würden sie mit den Folgen ihres Handelns leben müssen., das hatte er sich geschworen. Er sah dem Mädchen ebenfalls hinterher. Ohne ihre Anführerin wäre die lahme Truppe wahrscheinlich nicht einmal auf die Idee gekommen, ihre Taten zu vollbringen, also musste sie die Erste sein. Die Erste, der Grenzen aufgezeigt wurden und die spüren sollte, was mit Abschaum passierte. Seine Hände begannen nervös zu kribbeln und er biss sich heftig auf die Innenseite seiner Wangen.

Was blieb ihm anderes übrig, als die Königin aufzuhalten? Hatte man überhaupt eine andere Wahl, wenn man das Böse jetzt und für immer aus der Welt schaffen wollte? Man musste der Schlange den Kopf abschlagen, die Ursache ihrer Widerwärtigkeit entfernen, sodass die Anführerin machtlos wurde und von ihrem hohen Ross hinunterfiel. Es musste jetzt geschehen, bevor sie ihm entwischen konnte!

Verdammt, das böse Ding war schnell und hatte es offenbar eilig. Er musste sich ins Zeug legen und eilen, um seine Pflicht zu erfüllen. Erst dann würden den Mitläufern die Augen geöffnet werden. Das Volk würde erstarren und sie alle würden realisieren, dass jede Tat auf dieser Welt Konsequenzen hat.

Lang lebe die Königin.

Luisa spürte die Blicke, sie spürte sie einfach jedes Mal. Während sie Kniebeugen auf der lilafarbenen Matte im Gymnastikraum erledigte, war klar, dass ihr jeder Typ auf den Hintern starrte, wenn er die Glasfront des abgetrennten Bereichs passierte. Das Fitnessstudio war nicht sehr groß, doch es zählte eindeutig zur Kategorie der Luxusklasse. Hier trainierten Bänker und Anwälte, genauso wie Manager und die reichen, gutaussehenden Söhne Frankfurts. Wenn ihr also jemand mit Macht und einem dicken Bankkonto auf den Po stierte, dann machte Luisa das herzlich wenig aus. Ess gefiel ihr sogar.

Grinsend machte sie eine letzte Kniebeuge, streckte sich dann noch einmal lasziv und blickte über ihre Schulter zu den trainierenden Männern, die sie in ihrer hautengen blauen Trainingshose und dem schwarzen Top musterten. Wie einfach es doch war, Aufmerksamkeit zu bekommen.

An diesem Sonntagabend war es wieder sehr voll und sie war froh, dass sie es trotz ihres stressigen Wochenendes erneut geschafft hatte, ihren Trainingsplan diszipliniert durchzuziehen. Die Sechzehnjährige dachte an das Casting am nächsten Morgen und spürte das berühmte Kribbeln in ihrem Magen. Natürlich war sie nervös, doch die Vorfreude auf das Vorsprechen war um einiges größer. Ihre Mutter hatte sie dazu angemeldet, so wie sie es eigentlich jedes Mal tat und den ein oder anderen Erfolg hatte Luisa bereits vorweisen können. Sie war schon zweimal in Serienproduktionen zu sehen gewesen, es waren zwar kleine Nebenrollen, aber auch das machte sich optimal in ihrer Set Card. Der nötige Ehrgeiz war ihr von ihrer Mutter vorgelebt worden und von Kindesbeinen an hatte sie alles getan, um die Forderungen ihrer Eltern zu erfüllen.

Luisa räumte ihre Trainingsmatte zur Seite, verließ den Gymnastikraum und ging mit langsamen Schritten an den anderen Kunden des Studios vorbei. Ein großer Mann mit dunklen Haaren und dickem Bizeps zwinkerte ihr zu und musterte sie von oben bis unten, als sie die Tür der Damenumkleide erreichte. Nachdem sie sich umgezogen und ihre Tasche über die Schultern gezogen hatte, band sie ihren langen blonden Zopf erneut und warf einen prüfenden Blick in den Spiegel.

Kein Wunder, dass allen Typen das Wasser im Mund zusammenlief. Sie hätte problemlos Model werden können. Ihre blauen Augen strahlten ihr entgegen, die vollen Lippen ihres Spiegelbilds lächelten dabei und ihre traumhafte Figur wurde durch regelmäßiges Training perfekt in Form gehalten.

Als sie am Ausgang des Studios angelangt war, rief sie: „Bye, Toni," in Richtung des jungen Mannes an der Rezeption und fügte mit einem Augenzwinkern hinzu: „Und träum heute Nacht von mir!"

Der große, süße und durchtrainierte Betreiber des Fitnessstudios kam auf sie zu und gab ihr einen Kuss auf die Wange.

„Wie könnte ich von jemand anderem träumen, Süße? Ich drücke dir ganz doll die Daumen für morgen! Hoffentlich bist du bald wieder hier. Du bist der Grund, warum die Hälfte der Kundschaft gerne wiederkommt."

Luisa lachte geschmeichelt. „Vielen Dank, ich bin ja nur für zwei Tage in Berlin, länger kann ich sowieso nicht in der Schule fehlen. Ich bin froh, dass ich für diese Zeit überhaupt freigestellt worden bin."

Ein anderer Kunde, der gerade erst gekommen war, gab ihr im Vorbeigehen einen kleinen Klaps auf den Po und sie kicherte. Dann sagte sie zu Toni: „Bis bald, mein Lieber. Und süße Träume!"

Das Mädchen winkte und ging das helle Treppenhaus hinunter. Hoffentlich würde das Casting gut laufen. Ihrem Vater war es unglaublich wichtig, dass sie einen guten Abschluss in der Schule vorweisen konnte, doch Luisa hatte höhere Ziele. Die beliebteste Sechzehnjährige der Schule zu sein, das war toll, doch sie wollte weg von diesen Langweilern, die mit ihrem eintönigen Leben zufrieden waren und nichts taten, um das Beste aus sich und ihrem grauen Alltag herauszuholen. Schwäche und mangelnder Ehrgeiz widerten sie an und dies ließ Luisa ihre Umgebung spüren. Wenn viele dieser Loser sich selbst am Riemen reißen würden, dann könnten auch sie beneidenswert gut aussehen, bessere Noten vorweisen und mehr Freunde um sich herum versammelt haben. Doch sie taten es nicht.

Das Mädchen lächelte. Kein Wunder, dass sie alle so gerne mit ihr zusammen waren. Sie selbst hätte sich auch bemüht, mit jemandem wie ihr gesehen zu werden.

Sie rückte ihre Trainingstasche zurecht und knöpfte den oberen Knopf ihrer weißen Jacke zu. Der Wind war kälter geworden und der Himmel über den Hochhäusern Frankfurts zeigte sich sternenklar. Das Mädchen sah auf die Uhr und bemerkte, dass es schon beinahe 19 Uhr war. Sie musste nur noch ein kleines Stück die Straße entlanglaufen und würde schon bald ihr großes Haus mit dem wunderschönen, beheizten Swimmingpool im Garten sehen können. Hier im eleganten Westend fühlte Luisa sich wohl, doch sie würde es, ohne lange zu überlegen, sofort gegen London oder New York eintauschen.

Vor dem Studio unterhielt sie sich noch einen kurzen Moment mit einer kleinen Gruppe anderer Mitglieder des Studios, allesamt etwa in ihrem Alter und wirklich nett. Einer der Jungs hatte ihr permanent auf die Brüste gestarrt, wie Luisa grinsend zur Kenntnis genommen hatte. Schau ruhig hin, dafür sind sie da, dachte sie und lachte leise, als sie sich, leicht fröstelnd, auf den Heimweg machte.

Sie hatte ihn einfach nicht kommen hören. Gedankenversunken hatte sie der R'n'B Musik gelauscht, die aus ihren Kopfhörern erklang und dabei die Schritte nicht gehört, die sich ihr langsam von hinten genähert hatten. Erst als sein warmer Atem sie im Nacken traf, zuckte Luisa heftig zusammen und wollte erschrocken hinter sich blicken, doch in diesem Moment hatte der dumpfe Schlag sie bereits am Hinterkopf getroffen. Als ihr Gesicht auf den Asphalt zuraste, war ihr letzter Gedanke, dass sie das morgige Casting doch auf gar keinen Fall verpassen durfte.

Glücklich sind die Ahnungslosen.

„Oh nein," murmelte Nina stöhnend und drückte ihr Kissen auf die Ohren, als der Wecker ihres Smartphones mit penetrantem Gedudel ertönte. Vergeblich versuchte sie einige Male, es zu erreichen ohne hinzusehen, doch schließlich musste sie seufzend ein Auge öffnen und sich in Richtung der Kommode neben ihrem Bett strecken.

Sie war unglaublich müde, eine schreckliche Nacht lag hinter ihr und sie hatte sich mehr hin und her gewälzt, als wirklich zu schlafen. Jedes Mal, wenn sie endlich im Reich der Träume angelangt war, drehte sich alles um die kommende Woche, die nun mit dem Ertönen des Weckers begonnen hatte.

Es war ihre zweite Woche bei der Kriminaldirektion Frankfurt am Main und bisher lief alles vollkommen anders, als Nina es sich vorgestellt hatte. Als Absolventin des dualen Studiengangs bei der Polizei Hessen hatte sie sich frühzeitig für die Fachrichtung ‚Kriminalpolizei' entschieden und bereits Praktika in Gießen und Kassel absolviert, um so gut wie möglich auf ihren Karrierestart in diesem Oktober vorbereitet zu sein.

Was hatte sie sich auf ihren Umzug von Wiesbaden nach Frankfurt gefreut! Die drei Jahre dort waren schön, aber auch anstrengend gewesen, die praktischen Erfahrungen in ganz Hessen eine spannende und willkommene Ablenkung vom Studienalltag, und selbst das Couchsurfen und WG-Leben während den Praktika hatten ihr Spaß gemacht.

Mittlerweile fühlte sie sich aber bereit, in einem festen Umfeld mit ihrer Arbeit beginnen zu können, sie wollte sich dauerhaft beweisen und sie wollte Erfolge feiern. Erfolge bedeuteten für Nina im klassischen Sinne, die bösen Jungs zu schnappen und wegzusperren. Aus diesem Grund hatte sie sich für Frankfurt entschieden, scherzhaft die ‚Hauptstadt des Verbrechens' genannt und war völlig aus dem Häuschen, als sie eine Zusage vom Dezernat für Kapitalverbrechen bekommen hatte.

Dass sie allerdings bei dem faulsten Kriminalkommissar des gesamten K11 gelandet war, vermieste ihr bereits nach wenigen Tagen die Stimmung. Elan war ein Fremdwort für Detlef Schneid, einen grauhaarigen Mitfünfziger mit Bauchansatz und Doppelkinn, Ermittlungsarbeit bedeutete für ihn, am Schreibtisch sitzend Telefonate zu führen. Zeugen wurden vorgeladen, Tatorte und andere wichtige Schauplätze wurden sich nur grummelnd im Notfall angesehen. Schneid war kein schlechter Mensch, doch wortkarg und hundertprozentig auf Ordnung bedacht. Erfreut hatte er sie an ihrem ersten Tag mit Handschlag begrüßt und gesagt, was für ein Glück „ein Mädchen sei, dass mit weiblicher Gründlichkeit nun erst einmal die Akten auf Vordermann bringen könne".

Frustriert rieb Nina sich übers Gesicht. Genau dies tat sie nun seit einer Woche. Am Schreibtisch sitzen und Telefonate wie eine Sekretärin entgegennehmen, Berichte kopieren und den Filter von Schneids Kaffeemaschine erneuern. Mit alledem hätte sie sich anfreunden können, immerhin war sie ‚die Neue'. Doch eine Sache war noch schlimmer als ihr fauler, langweiliger Vorgesetzter.

Dennis, ein Arschkriecher vor dem Herrn, war erst ein paar Wochen vor ihr zur K11 gekommen und tat einfach alles, um sie dumm dastehen zu lassen.

Jedes Mal, wenn dieser Schnösel Schneids Büro betrat, grüßte er sie mit „Na, Mäuschen" oder drückte ihr grinsend auf dem Flur einen Stapel Ordner in die Hand, die doch bitte kopiert werden müssten. Dieses prollige Verhalten hätte Nina eher einem älteren Semester zugeschrieben, doch Dennis war höchstens 28 Jahre alt. Vermutlich war es seine Art, Überlegenheit demonstrieren zu wollen – und da sie nur knapp 1.64m groß war und erst am kommenden Wochenende 24 wurde, hatte er sie wohl als perfekte Möglichkeit hierfür auserkoren.

Nina war kein Typ, der mit Provokation gut umgehen konnte. Es hatte sie alle Kraft gekostet, den Kopf dieses Arschlochs nicht einfach zu packen und mit voller Kraft gegen den Türrahmen zu schmettern. Ständig fiel er ihr ins Wort oder versuchte, sie zu blamieren. Sie verdrehte die Augen, als sie an die nächsten, eintönigen Stunden und Dennis dämliche Visage dachte.

Sie war alles, aber kein typisches Nordlicht. Hamburg war ihre Heimatstadt und dort hatte sie die ersten 20 Jahre ihres Lebens verbracht, doch nach ihrem Schulabschluss war sie ihrer besten Freundin Juli nach Hessen gefolgt. Juli war ihr fester Bezugspunkt, ihre Konstante und fast wie eine Schwester für sie. So oft wie möglich war Nina von Wiesbaden aus nach Frankfurt gefahren, um die Wochenenden gemeinsam mit Juli verbringen zu können.

Sie war in ihrem letzten Semester der Elektrotechnik an der hiesigen Fachhochschule und war der cleverste Mensch, den Nina je kennengelernt hatte. Aus diesem Grund musste sie grinsen, als ihr Handy plötzlich vibrierte und Juli sich mit einer Sprachnachricht bei ihr meldete:

„Aufstehen, Prinzessin! Es wird langsam Zeit, dem Chauvinisten auf dem Revier mal zu zeigen, wo der Hammer hängt!"

Langsam krabbelte sie unter ihrer warmen Bettdecke hervor, wobei sie jetzt erst bemerkte, dass es mittlerweile merklich abgekühlt hatte. Ein frischer Wind kam durch das gekippte Schlafzimmerfenster ihrer 2-Zimmerwohnung in Sachsenhausen.

Sie wohnte erst seit sechs Wochen hier, doch Nina liebte ihre Wohnung und das Viertel jetzt schon heiß und innig. Mit Juli war sie bereits mehrmals in der Altstadt unterwegs gewesen, hier gaben sich die Feiernden in zahlreichen Bars und Kneipen die Klinke in die Hand. Ihre Wohnung in der Schifferstraße war keine fünf Minuten von den besten Apfelweinkneipen Frankfurts, den urigsten Pubs und kleinen Lokalen mit hessischen Spezialitäten entfernt, eine optimale Voraussetzung für weitere perfekte Wochenenden mit ihrer besten Freundin. Von Hamburg war Nina anderes gewöhnt, doch die Gegend gefiel ihr.

Erneut schauderte es sie. Der Herbst machte sich bemerkbar und hatte den Himmel vor ihrem Fenster in eine dicke Wolkenschicht gehüllt. Schnell zog Nina die Füße wieder aufs Bett, so kalt war das Laminat über Nacht geworden. Sie suchte nach ihren warmen

Socken, mit denen sie eingeschlafen war und die sie nachts grundsätzlich von ihren Füßen zappelte.

Irgendwann fand sie beide zusammengeknäult unter ihrer Bettdecke, schnappte sich das Ladekabel von der Kommode und machte sich unter Murren auf den Weg ins Bad.

Es ging durch sämtliche Tageszeitungen, ob regional oder landesweit, es prangerte auf allen Online-Plattformen und schallte den Menschen aus ihren Autoradios entgegen. Nina selbst hatte es erst vor wenigen Minuten vor dem Waschbecken stehend gelesen. Die Nachricht kam von Sandra, einer Absolventin ihres Jahrgangs, die es allerdings zum Drogendezernat verschlagen hatte.

Sieh dir das an, vielleicht landet es auf Schneids Schreibtisch und du bekommst endlich deine Chance! Bei dem Fall muss er den Hintern vom Stuhl erheben und mit dir zusammen vor die Tür!

Unter ihrem Text war ein Link, der Nina auf eine Nachrichtenseite weiterleitete. Während sie darauf wartete, den Bericht lesen zu können, hörte sie nebenbei dem merklich betroffenen Moderator aus ihrem Badezimmerradio zu, der sich genauso auf den Fund eines schwerverletzten Mädchens bezog, wie die Website vor ihren Augen.

Schwerverletzte 16-Jährige brutal verstümmelt.

Schülerin aus Frankfurt fiel Sadisten zum Opfer.

In Hessen treibt ein Psychopath sein Unwesen.

Aufmerksam las Nina den Text unter einigen Bildern, die den Grüneburgpark in Frankfurt zeigten, sowie einige uniformierte Kollegen vor rot-weißem Absperrband. Hier wurde am vergangenen Abend ein junges Mädchen gefunden, schwerverletzt hatten Passanten sie auf einer Parkbank entdeckt, offenbar hatte man ihr–

Nina stutzte und las den Satz erneut. Man hatte ihr beide Brüste abgeschnitten. Ein Schauer lief ihr über den Rücken und gleichzeitig stellten sich die feinen Härchen an ihren Armen auf. Man könnte es als eine Art Jagdinstinkt bezeichnen, der sich in Ninas Bauch ausbreitete. Sie schob ihn beiseite und schüttelte über die Berichterstattung den Kopf.

Eigentlich hätten solche Details gar nicht an die Öffentlichkeit gelangen dürfen. Was dem Mädchen zugefügt worden war, und dass sie dem ersten Anschein nach nicht sexuell missbraucht worden war, das waren Informationen, die wegen laufender Ermittlungen eigentlich zurückgehalten wurden. Wahrscheinlich hatte aber einer der Zeugen auf schnelles Geld gehofft und diese Tatsachen brühwarm dem Reporter seines Vertrauens erzählt.

Mit hochgezogenen Augenbrauen sah Nina in den Spiegel. Wieso konnte nicht ein solcher Fall bei Schneid landen? Sie war so gut wie sicher, dass dies nicht passieren würde. Von den Erzählungen, die sie über den Flurfunk mitbekommen hatte, kümmerte er sich um glasklare, relativ schnell aufzuklärende Kapitalverbrechen, die nicht viel Ermittlungsarbeit erforderten.

Letzte Woche hatte sie allerlei Papierkram erledigen müssen, der sich mit gefährlicher Körperverletzung zwischen zwei Nachbarn beschäftigte. Zahlreiche Zeugen hatten gesehen, wie der eine wütend mit einer Eisenstange auf den anderen eingedroschen hatte, offenbar erbost über das Ankratzen seines eigenen Wagens bei Einparkversuchen des Anderen. Alle Aussagen mussten selbstverständlich aufgenommen und dokumentiert werden, doch hierfür hatte Schneid alle betroffenen Personen auf die Wache kommen lassen. Der Fall war glasklar, aus diesem Grund hatte Nina auch am Wochenende frei gehabt, dies war besonders zu Beginn eine absolute Ausnahme. Bei den Gesprächen hatte Schneid Nina außenvor gelassen und stattdessen Dennis aus seinem Team aufgefordert, dabei zu sein.

Sie seufzte und schob sich die Zahnbürste in den Mund, während sie ihr Spiegelbild betrachtete. Natürlich wirkte sie jung, viel jünger als sie eigentlich war, aber trotzdem wollte sie weder geschont, noch dauerhaft über Akten brütend als Schreibkraft behandelt werden. Sie wollte das genaue Gegenteil!

Nina band sich ihre langen, hellbraunen Haare zu einem Zopf zusammen und fixierte ihn mit einigen schmalen Klammern. Sie sucht nach ihrer Wimperntusche und trug sie am oberen und unteren Wimpernkranz auf, ehe sie sich erneut musterte. Sie sah nicht schlecht aus, das wusste sie. Ihre grünen Augen gefielen ihr sogar richtig gut, auch sonst war alles dort, wo es hingehörte und bis auf ihre geringe Körpergröße gab es nur wenig, was sie hätte ändern wollen.

Sie war mit sich und ihrem Körper im Reinen. Vor sechs Jahren hatte sie in Hamburg mit Karate begonnen und war mittlerweile ein echter Profi. Hier in Frankfurt war sie noch nicht dazu gekommen, ins Training einzusteigen und gleichzeitig vermisste sie den Mann, der sie überhaupt erst zum Kampfsport gebracht hatte.

Wenn sie gelegentlich mit dem ICE nach Hamburg fuhr, um ihre Mutter zu besuchen, plante sie immer auch ein Treffen mit Jens ein. Der 50-Jährige war Ex-Polizist der Hamburger Polizei und leitete mehrere Kampfsportkurse in ihrer alten Heimat. Von ihm hatte sie gelernt, ihre Wut zu bündeln und gezielt in jede ihrer Bewegungen zu legen, statt einfach auszurasten.

Als sie ihre 1. Dan- Prüfung in Wiesbaden abgelegt und den schwarzen Gürtel erreicht hatte, war sie anschließend extra zu ihm nach Bergedorf gefahren, um es mit einem Glas Sekt zu feiern. Wie immer hatte Jens die alten, fernöstlichen Weisheiten mit seiner Berliner Schnauze kombiniert. „Denk daran, Nina, du bist eine Suchende nach dem Weg. Bis du am Ziel bist, wird es noch dauern. Also schnapp' nicht über Frollein, dit is erst der Anfang!"

Sie war sich sicher, dass sie die direkte Anstellung in Frankfurt Jens zu verdanken hatte. Die Zusage war so prompt gekommen, er musste einfach seine Finger im Spiel gehabt haben. Ihr Mentor kannte Gott und die Welt, es war alles andere als abwegig, dass er seine Kontakte nach Hessen genutzt und eine Empfehlung ausgesprochen haben könnte.

Er würde sich allerdings eher die Zunge abbeißen, als dies zuzugeben und Nina würde ihn bestimmt nicht darauf ansprechen.

Als hätte der Paketbote gewusst, dass sie grade an ihr Zuhause dachte, klingelte es plötzlich an der Tür. Schnell spuckte Nina die Zahnpasta ins Waschbecken, schlüpfte in ihre Jeans und öffnete ihm mit dem Knopf unter der Sprechanlage die Tür. Nachdem sie unterschrieben hatte, sah sie auf den Absender und musste lächeln. Es war ein frühzeitiges Geburtstagsgeschenk ihres Vaters.

Paul Hilbert wohnte mittlerweile seit 18 Jahren mit seiner zweiten Frau in Malaga, trotzdem war er für Nina der beste Papa der Welt, den sie oft schmerzlich vermisste. Sie öffnete das Paket und las die Karte, auf deren Vorderseite mehrere Hunde mit Partyhütchen zu sehen waren.

‚Ich weiß, es kommt zu früh an, aber du sollst es sofort an deinem 24. Geburtstag öffnen können. Alles Liebe zu deinem Ehrentag, mein großer Schatz.'

Noch immer lächelnd nahm Nina das in grünem Geschenkpapier verpackte Bündel aus dem Paket heraus und legte es auf das weiße Regal in ihrem schmalen, aber gemütlichen Wohnzimmer. Seit sie klein war und ihre Eltern sich getrennt hatten, besuchte sie Paul in jedem Sommer für zwei Wochen in Südspanien, manchmal auch über Weihnachten und einige Tage im Frühling. Er und Veronika hatten in Benalmadena, einem kleinen Urlaubsort, eine Pension eröffnet und boten wunderschöne, aber kostspielige Zimmer mit direktem Meerblick und Frühstück an.

Während die Gäste abends am Pool saßen und noch ein Glas Wein genossen, war Paul oft dabei und spielte romantische Lieder auf seiner Gitarre. Nina liebte die Zeit mit ihrem Vater und das Verhältnis zu seiner Frau war ebenfalls gut, beinahe besser als mit ihrer Mutter.

Nina schlüpfte in ihre beigen Schuhe und zog die dunkelrote Herbstjacke über ihre Schultern. Daniela war eine Karrierefrau durch und durch, kein Freigeist wie ihr Vater. Sie arbeitete im Vorstand eines großen Konzerns, ihr Büro bot einen wunderschönen Elbblick und einen Schreibtisch, der kaum in Ninas Wohnzimmer gepasst hätte. Am Wochenende würde sie ihr den grauen Audi nach Frankfurt bringen, den Daniela selbst nur etwa ein halbes Jahr gefahren war.

Das war ihre Art, Nina zu zeigen, dass sie ihr viel bedeutete. Es war als Geburtstagsgeschenk gedacht und mit Sicherheit wollte ihre Mutter damit auch einiges wieder gut machen. Sie wollte sich nicht lange aufhalten und anschließend direkt von Frankfurt aus zu einer Konferenz nach Genf fliegen, doch trotzdem war es eine Geste, die Nina zu schätzen wusste, immerhin hätte sie ihr auch Geld überweisen oder ein Geschenk per Post schicken können.

Daniela liebte ihre Tochter, das wusste Nina, aber das typische Mutter-Gen fehlte ihr einfach. Nach der Trennung ihrer Eltern war sie hauptsächlich von verschiedenen Babysittern und ihrer Oma beaufsichtigt worden, da ihre Mutter von einer Geschäftsreise zur nächsten aufgebrochen war.

Zwar unternahmen sie auch viel gemeinsam, wenn beide in Hamburg waren, doch Daniela hatte ihre Prioritäten, das wusste Nina von klein auf.

Aus diesem Grund liebte Nina die Zeit bei ihrem Vater. Er war immer da, er las ihr jeden Wunsch von den Augen ab und manchmal war es sogar zu viel des Guten.

Beim Verlassen ihrer Wohnung grinste Nina und während sie die Treppe des dritten Stocks hinunterging, fragte sie sich zum gefühlt hundertsten Mal, wie ihre Eltern überhaupt jemals gedacht haben konnten, dass ihre Ehe funktionieren würde.

Er hatte Blut geleckt.

Wie faszinierend. Es hatte so gutgetan. Er konnte es noch immer nicht glauben, dass er es wirklich durchgezogen hatte. Für eine kurze Zeit, nachdem sie bewusstlos vor ihm gelegen hatte, waren Zweifel in ihm aufgekommen. Es waren keine Gewissensbisse gewesen, definitiv nicht, es war eher die ängstliche Frage, ob er stark genug war.

Die Position, nun über eine solche Macht zu verfügen, hatte ihm eine Gänsehaut verursacht. Er war es schlicht und einfach nicht gewöhnt, derjenige zu sein, der die Kontrolle besitzt. Doch nach und nach, während er sie mit dem Auto durch die Stadt fuhr, veränderte sich seine Haltung. Er konnte beinah fühlen, wie er ruhiger wurde und die Gänsehaut sich in ein wohliges Kribbeln wandelte.

Nachdem er sie in die extra hierfür umgeräumte Hütte gebracht und ihr das präparierte Getränk eingeflößt hatte, kam sie langsam zu sich und war doch gleichzeitig so wunderbar wehrlos. Es war eine Freude gewesen, dabei zuzusehen, wie ihre Augen immer wieder zufielen und sie in ihren wachen Momenten mit aller Kraft versuchte, sich zu wehren. Ihr Mund gab lediglich armselige Laute von sich, zum Schreien war sie nicht in der Lage, lediglich zu einem erbärmlichen Jaulen.

Er hatte ihr alles in Ruhe erklärt und ihr mehrmals gesagt, dass sie für all das selbst verantwortlich war. Das blonde, dämliche Ding hatte kraftlos versucht, ihn wegzuschieben, doch nachdem er sich einfach auf ihren Bauch gesetzt hatte, die Hände des Miststücks somit fixiert unter seinen Oberschenkeln, waren ihr nur noch leise die Tränen übers Gesicht gelaufen.

Er hoffte so sehr, dass die Betäubung ihr nicht alles von der Angst geraubt hatte, die jeder normale Mensch empfinden würde, wenn ein schwarz vermummter Mann mit einem Skalpell über ihm herumfuchtelt.

„So ist es richtig," hatte er ihr erklärt. „Das ist Angst und Machtlosigkeit, die du da fühlst. Und du verdienst sie."

Nachdem er ihren Oberkörper entblößt hatte, begann er mit seinem Werk und die Töne, die sie dabei ausstieß, erinnerten ihn an ein misshandeltes Meerschweinchen. Was für eine Wohltat! Irgendwann war sie bewusstlos geworden, er vermutete, dass ihr Geist sich den Schmerzen entziehen wollte, denn das kannte er zu gut. Er war sicher, dass ihn niemand beim Entladen des Miststücks gesehen hatte und er hatte sich auf dem Rückweg einfach nur frei gefühlt.

Zu Hause hatte er leise geduscht und sich umgezogen, schließlich wollte er niemanden aufwecken. Im Bett war er die Handlung noch einige Male in Gedanken durchgegangen und durch das Adrenalin war er wie euphorisiert gewesen.

Der erste Schritt war getan und es war eine gelungene Premiere gewesen. Luisa würde nie mehr die alte, verachtenswerte Person sein, soviel stand fest. Er strich seine Decke zurecht und überlegte, was als Nächstes passieren würde.

Sein Plan würde funktionieren und seine Arbeit war noch lange nicht getan. Oh nein, das Böse war noch immer aktiv und viele dieser Monster trieben sich noch dort draußen herum. Für heute hatte er seine Pflicht getan, doch es gab noch eine Menge anderer Kakerlaken, die er am liebsten zerquetschen würde.

Er hatte in dieser Nacht nicht viel geschlafen, doch als er am nächsten Morgen das Radio anschaltete und ihm die Meldungen nur so um die Ohren flogen, hätte er sich am liebsten selbst auf die Schulter geklopft. Andere wären bei diesem Wirbel vielleicht erneut nervös geworden, doch ihm bescherte die Panik der Menschen das Gefühl, als hätte er alles richtig gemacht.

Wacht auf, ihr dummen Menschen und seht, was direkt vor euren Augen geschieht!

Er setzte sich einen Moment an den Küchentisch, genoss seine erste Tasse Kaffee und lächelte zufrieden vor sich hin. Er war es, der ihnen dabei half, endlich zu erkennen, was um sie herum passierte. Es brauchte lediglich ein verstümmeltes, hübsches Mädchen und schon drehten alle durch.

„Keine Angst, ihr bekommt mehr," lachte er leise und nippte an seinem Kaffee. Er hatte Feuer gefangen und war bereit für die nächsten Tage. Runde zwei sollte absolut kein Problem darstellen.

Unerwartete Begebenheiten.

Nachdem sie zur Haltestelle Lokalbahnhof gelaufen und mit der S5 bis zur Hauptwache gefahren war, stieg Nina hier in die U-Bahn, welche sie zur Miquel-/ Adickesallee brachte. Dort befand sich das Polizeipräsidium Frankfurt und somit auch ihr Arbeitsplatz, die Kriminalkommission mit den mehr als 750 Mitarbeitern.

Von Mord und Entführung bis hin zu Organisierter Kriminalität und Rauschgiftdelikten wurde hier alles behandelt. 2002 war der rechteckige Gebäudekomplex neu erbaut worden, neben verschiedenen Dienststellen gab es auch eine riesige Sporthalle und stets die Möglichkeit, am Schießtraining teilzunehmen. Nichts war erfüllender, als nach einem anstrengenden Tag wutentbrannt den Abzug drücken zu dürfen, dieses befriedigende Gefühl kam für Nina beinahe an gewonnene Karatekämpfe oder an Sex heran. Dass sie nun immer mit ihrer Dienstwaffe unterwegs sein durfte, verlieh ihr keinen Machtkomplex, eher eine Art tiefe, innere Sicherheit.

Sie betrat das Büro von Kommissar Schneid und sah bereits, dass mehrere neue Ordner und Papierberge auf ihrem Schreibtisch lagen, auf denen dick und fett ‚2016' prangte. Genial, dachte sie, dieselbe Prozedur wie jeden Tag. Schneid hatte einmal mehr die Möglichkeit genutzt, Nina die Arbeiten zukommen zu lassen, zu denen ihm selbst seit zwei Jahren die Lust fehlte. Der Kommissar war bereits an seinem Tisch, er saß kauend über sein Smartphone gebeugt und legte sein Käsebrötchen zur Seite, als er sie erblickte.

„Guten Morgen Frau Hilbert," sagte er. „Wenn Sie diese Akten bitte heute noch chronologisch in die neuen Ordner heften würden? Das wäre mir eine große Hilfe!" Er trank einen Schluck aus seiner PET-Wasserflasche und fuhr fort: „Heute Nachmittag muss ich zu Staatsanwalt Mück, er will die neuesten Informationen zu der Geschichte mit der Eisenstange direkt in sein Büro geliefert bekommen." Schneid rollte mit den Augen. „Scheinbar ist das Opfer ein alter Bekannter oder Schwippschwager seiner Frau, also muss ich später dorthin. Wollen Sie mitkommen?"

Nina hätte bei der Aussicht auf einen Einsatz außerhalb des Büros beinahe erleichtert gejubelt, auch wenn es nur ein Besuch bei der Staatsanwaltschaft war. Sie nickte und wollte gerade etwas sagen, als die angelehnte Tür hinter ihr mit einem Quietschen geöffnet wurde und das Gesicht erschien, welches sie aktuell am wenigsten sehen wollte.

„Detlef, ich sollte Sie doch daran erinnern, dass Sie mich für die juristischen Treffen mehr mit einbeziehen wollten, so wie Sie es neulich beim Lunch angeboten hatten. Ich möchte niemandem vorgreifen, Frau Hilbert brennt wahrscheinlich schon darauf, loslegen zu können. Doch bei dem Gespräch mit Staatsanwalt Mück wäre ich wahnsinnig gerne dabei." Dennis machte eine kurze Pause und sah lächelnd von Schneid zu Nina. „Du brauchst doch bestimmt noch einige Zeit, bis du mit dem ganzen Papierkram fertig bist, und es soll doch alles seine Ordnung haben, Mäuschen." Er zwinkerte ihr neckend zu.

Nina starrte ihn mit offenem Mund an und meinte beinahe, ihren Puls in ihrer Kehle spüren zu können, so wütend war sie. Nachdem ihre Fingernägel sich bereits einige Male tief in ihre Handflächen gebohrt hatten, lockerte sie ihre geballten Fäuste und wandte sich an ihren Vorgesetzten.

„Vielen Dank für das Angebot Herr Schneid, die Entscheidung liegt natürlich bei Ihnen. Wenn Sie mich mitnehmen möchten, wäre ich sehr gerne dabei."

Schneid nickte und zuckte gleichzeitig mit den Schultern. „Wir schauen mal nach dem Mittagessen!" Mit diesen Worten widmete er sich wieder seinem Smartphone, sodass Nina sich zu Dennis umdrehte und zwischen ihren Zähnen hervorpresste: „Könnte ich dich einen Moment allein sprechen, Dennis?"

Kaum in der kleinen Kaffeeküche auf ihrer Etage angekommen, fuhr Nina herum und fauchte ihn an: „Jetzt hör mir mal zu, du Wichtigtuer!" Sie drückte ihm ihren Zeigefinger auf die Brust und starrte wütend zu ihm hoch.

„Typen wie dich werfe ich innerhalb von fünf Sekunden auf die Matte. Du denkst, das Ding in deiner Hose berechtigt dich dazu, mich unterzubuttern?! Ich will mich beweisen und habe garantiert einen besseren Abschluss als du, von deinem ätzenden Charakter her mal ganz zu schweigen." Sie holte tief Luft und blickte ihn mit zusammengekniffenen Augen an.

„Nenn mich noch einmal ‚Mäuschen', dann schleppe ich dich vor die Dienstaufsicht, wo dein Name garantiert nicht vermerkt werden soll, oder? Also tu mir einen Gefallen und geh mir nicht auf den Wecker! Mach deine Arbeit, wie jeder andere auch, und hör auf, mir gegens Bein zu pissen!"

Wortlos starrte Dennis zu ihr herunter, offenbar auf der Suche nach den richtigen Worten. Wie ein Fisch auf dem Trockenen öffnete er einige Male seinen Mund und schloss ihn dann wieder, als plötzlich langsamer Applaus hinter ihnen ertönte.

Beide zuckten zusammen und sahen in Richtung des Flurs. Dort stand Kriminalkommissarin Ricarda Jäger in einem Abstand von etwa vier Metern und lehnte klatschend an einer offenen Bürotür.

„Klare Ansage, Hamburg. Und Recht hat sie. Du bist hier nicht der König der Wache, also reiß dich mal ein bisschen am Riemen, Darmstadt."

Mit dem Daumen deutete sie ihm an, sich zu verziehen, wartete einen kurzen Moment und sagte dann: „Kleine, komm nachher bitte mal bei mir vorbei!"

Erschrocken blieb Nina allein in der Kaffeeküche zurück, nachdem Dennis mit hochrotem Kopf davongeeilt war und Jäger sich grinsend umgewandt hatte. Was zur Hölle war gerade passiert? Sie hatte sich von ihrer Wut leiten lassen und soeben eine Showeinlage vor einer leitenden Kommissarin abgelegt.

Hey, wenn sie die Zicke des Büros spielen wollte, wieso hatte sie Dennis vor den Augen von Jäger nicht gleich eine geknallt?!

Peinlich berührt informierte Nina Schneid, dass sie sich schnell ein Frühstück holen würde, schrieb eine Nachricht an Sandra und bat sie, kurz in die Cafeteria zu kommen. Sobald ihre Kollegin an den Tisch geeilt war und sich mit einigen schnellen Handbewegungen den blonden Bob zurechtgestrichen hatte, erzählte Nina ihr, was ein paar Minuten zuvor geschehen war.

Sie hatte sich einen warmen Toast mit Schinken und Käse bestellt, doch nach ihrem Bericht und den zahlreichen, verzweifelten Flüchen, wie blöd sie doch war, war dieser kalt geworden und sie schob den Teller von sich weg.

Sandra pustete in ihren noch immer dampfenden Kamillentee und sagte: „Du hast noch nicht von Jäger gehört, oder?"

Nina sah sie frustriert an und schüttelte den Kopf.

„Sie ist das Paradebeispiel einer Emanze. Sie setzt sich schon seit Jahren erfolgreich durch, erst bei der Sitte und jetzt hier. Wenn du mit deinem Auftritt und der Ansage an Dennis irgendetwas erreicht hast, dann, dass sie dich bewundert!"

„Meinst du wirklich?" Nina sah sie mit zusammengezogenen Augenbrauen an. „Ich habe Angst, mich zum absoluten Gespött gemacht zu haben. Die Neue, die es nicht abwarten kann, Eindruck zu schinden und dabei ihre Kollegen anfährt wie eine Furie!"

„Niemals. Es ist außerdem kein Geheimnis, wie dieser Dennis mit Frauen umgeht." Sandra ergriff ihre Hand und tätschelte sie leicht.

„Wenn ich Recht habe und das Gespräch gut verläuft, zahlst du am Samstag die Cocktails!"

Von Sandras Worten immerhin ein wenig beruhigt, machte Nina sich auf in die vierte Etage, holte noch einmal tief Luft und klopfte an Jägers Büro. Die Kommissarin öffnete ihr die Tür und grinste. „Hallo, hereinspaziert, ich beiße nicht."

Nina folgte ihr, erneut unsicher geworden und sah sich in dem Raum um. Während bei Schneid jedes Blatt haargenau auf dem nächsten lag und kleinere Dekorationen ordentlich in Reih und Glied standen, herrschte auf dem Schreibtisch von Frau Jäger ein kreatives Chaos. Die Ordner stapelten sich, einige lagen ausgebreitet auf dem Besucherstuhl und zwei Schranktüren waren geöffnet. Vor dem großen Regal standen zwei randvolle Kartons, die vermutlich aussortiert worden waren.

Jäger zog einen dritten Stuhl heran und deutete Nina an, sich zu setzen. Sie selbst ließ sich auf ihren Drehstuhl fallen und sah interessiert zu ihr herüber.

„Du gefällst mir, Hamburg. Die meisten Mädchen lassen sich extrem schnell einschüchtern und verfallen dann automatisch in die ‚ich bin ein kleines Mäuschen' Rolle, sobald ein paar männliche Kollegen oder Vorgesetzte anfangen, sie dominieren zu wollen. Die gehen dann so schnell unter, dass sie irgendwann nur noch am Schreibtisch sitzen und die Drecksarbeit der Typen erledigen." Jäger unterbrach sich und sah Nina musternd an. Sie selbst begutachtete die Frau gegenüber ebenfalls eingehend.

Ihre glatten, braunen Haare hatte Jäger zu einem Dutt geknotet, ihre braune Haut ließ entweder einen längeren Aufenthalt im Süden, oder den regelmäßigen Besuch einer starken Sonnenbank vermuten. Ihre blauen Augen wirkten wach und so, als würde ihr nichts entgehen. Bis auf einen zarten, rosafarbenen Lippenstift auf ihren schmalen Lippen, trug sie keinerlei Make-Up.

Wie alt sie wohl war? Die Kommissarin hatte eine sehr schlanke, trainierte Figur und war etwa 1.70m, ohne ihre Stiefel vermutlich sogar nur etwas größer als Nina selbst.

Sie schätzte ihr Gegenüber auf 42 und sie war garantiert eine Frau, die sich nicht das kleinste Bisschen gefallen ließ. Ricarda Jäger war eine Macherin, eine Frau, die anpackte, das spürte Nina auf den ersten Blick. Ihre Stimme war klar und selbstsicher, der hessische Dialekt trug aber dazu bei, dass sie durchaus sympathisch und ehrlich wirkte, wenn sie sprach.

„Hast du Lust, raus zu gehen? Mittendrin zu sein und auch mal auf Schlaf zu verzichten?"

„Nichts lieber als das," antwortete Nina überrascht und sagte schnell mit Nachdruck: „Es ist nicht so, dass ich nicht bei Schneid weitermachen wollen würde, keineswegs. Aber ich denke leider, dass er mich nicht wirklich für voll nimmt."

„Schneid ist ein Sesselpupser," meinte Jäger schulterzuckend. „Ich könnte dich gerne abwerben. Im Moment habe ich keine Praktikantin und keine junge Absolventin, dafür aber einen ganz frischen Fall, der nichts für schwache Nerven ist."

„Sie haben den –"

„Ich habe den Tittenfall," sagte Jäger bestätigend und verzog den Mund. „Absolut ekelerregend, da kommt einem die Kotze hoch. Man kann an nichts anderes mehr denken und muss mit vollem Einsatz bei der Sache sein."

Jäger sah einen Moment lang gedankenverloren auf die Schreibtischplatte vor sich und schien darüber nachzudenken, was Ninas Aufgaben sein würden.

Nach einer kurzen Pause sah sie auf und sagte: „Heute muss ich noch ein paar wichtige Dinge klären. Unter anderem, ob man dich zu mir wechseln lässt. Aber wenn du möchtest, zeigen wir denen mal echte Frauenpower."

Scherben bringen Glück.

Es hatte funktioniert! Nina konnte es nicht fassen. Schneid hatte sein Einverständnis gegeben, dass Nina zu Ricarda Jäger wechseln durfte. Die Kommissarin hatte es übernommen, mit ihrem Kollegen zu sprechen und einige Zeit später war er auf sie zugekommen. Mit wenigen Sätzen, und offenbar erleichtert, dass er keine zusätzliche Arbeit mehr mit ihr haben würde, hatte der Kommissar sich bedankt und ihr für ein paar Türen weiter alles Gute gewünscht.

Als er Nina dann noch darum bat, nur noch im Krankenhaus nach dem Zustand des geprügelten Nachbars nachzufragen und sich dann doch den Tag frei zu nehmen, war sie beinahe hüpfend an Dennis vorbei in den Flur spaziert und hatte ihm dabei grinsend die Zunge rausgestreckt.

Als sie das Präsidium verlassen hatte, beschloss sie, sich an der Tankstelle um die Ecke einen Kaffee zu holen und lief dann etwa zehn Minuten zum Bürgerhospital. Nachdem sie dort ihren Dienstausweis gezeigt und die neuesten Informationen über das Opfer bekommen hatte, rief sie Schneid an und berichtete ihm, dass die gestrige Operation soweit gut verlaufen war und bedankte sich nochmals bei ihm für die ersten Erfahrungen, die sie in Frankfurt gesammelt hatte. Da es gerade einmal 16 Uhr war und die meisten Menschen um diese Zeit noch arbeiten mussten, beschloss Nina, zurück nach Sachsenhausen zu fahren und schon einmal ein paar Dinge für das kommende Wochenende einzukaufen.

Sie hatte absolut keine Lust auf ihren Geburtstag, aber was sollte sie machen? Juli absagen, die den Leuten bereits Bescheid gesagt hatte? Nina kannte die meisten von ihnen, es waren Freunde und Arbeitskollegen ihrer besten Freundin und alle hatten zugesagt, sie in Frankfurt willkommen zu heißen. Sie würden bestimmt in ihrer Wohnung anfangen und dann irgendwo in Alt-Sachsenhausen weiterfeiern, also sollte sie zumindest ein paar Standardgetränke im Haus haben.

Randvoll bepackt mit Flaschen aller Art verließ sie einige Zeit später den Supermarkt in der Walter-Kolb-Straße, nur ein paar Meter von ihrer Wohnung entfernt, als ihr einige Schritte weiter einfiel, dass sie kaum mehr Zigaretten hatte. Nina war ein typischer Gelegenheitsraucher und schaffte es oft auch mal einige Tage ohne Zigarette, doch nach einem Tag wie heute hatte sie sich eine oder zwei an diesem Abend verdient. Sie verlagerte das Gewicht der Tüten in ihren Armen - die Henkel wären bei diesem Gewicht garantiert eingerissen - drehte sich um und knallte in diesem Moment mit dem Mann hinter sich zusammen. Innerhalb von einer Sekunde rutschte ihr alles aus den Händen und mit einem lauten Klirren landeten zwei ihrer Tüten auf dem Boden.

„Oh nein, es tut mir so leid!" sagte die dunkle Stimme neben ihr erschrocken. Nina blickte nach oben, direkt in das Gesicht des wunderschönsten Mannes, den sie je gesehen hatte.

Seine Augen waren noch grüner als ihre, seine dunklen Haare leicht verwuschelt, als er sich eilig die Kapuze seiner grauen Jacke vom

Kopf gezogen und schnell nach der verbliebenen Tüte in ihrem Arm gegriffen hatte, um sie ihr abzunehmen. Seine Haut war braungebrannt, bei genauerem Hinsehen konnte man einen leichten, dunklen Bartansatz auf seinem markanten Kinn erahnen und die muskulösen Unterarme zierte, neben einem dunklen Haarflaum, eine große, vermutlich wahnsinnig teure Uhr am Handgelenk.

Während sie ihn nur mit offenem Mund anstarrte, besah er sich das Scherbenchaos auf dem Boden.

„Ich habe gerade auf mein Handy geschaut und Sie sind so plötzlich vor mir umgedreht…!" Er sah sie einen Moment lang an und streckte seine Hand aus. „Ben."

„H- hallo," stammelte Nina, noch immer völlig perplex, sowohl aufgrund der Tatsache, dass er mindestens 1.90m groß war und sie für direkten Augenkontakt nach oben blicken musste, als auch, weil ungelogen der attraktivste Mann, den sie jemals gesehen hatte, vor ihr stand. „Nina."

„Sekt und Whiskey?" fragte Ben und deutete auf die Scherben am Boden, ehe er in die Tüten auf seinem Arm schielte. „Wodka, Orangensaft und Cola sind ganz geblieben, genau wie die Chips. Planen Sie eine Party?"

„Ach, das ist nur für meinen Geburtstag am nächsten Wochenende," murmelte sie und zog ihre Handtasche wieder über die Schulter. „Kein Problem, eigentlich habe ich sowieso genug Bier zu Hause."

„Lassen Sie es mich wieder gut machen," sagte Ben und berührte sie leicht am Arm. Er deutete die Straße entlang. „Ich würde sie gerne zu einem Kaffee einladen, als kleine Entschuldigung."

Nina starrte ihn and wusste nicht, wie sie auf sein Angebot reagieren sollte. Zweifellos hätte dieser Ben es nicht anbieten müssen, er hätte sich mehrmals entschuldigen und dann seinen Weg fortsetzen können. Er hätte ihr zwanzig Euro anbieten und nochmals um Verzeihung bitten können. Doch er wollte mit ihr einen Kaffee trinken gehen, sollte man da nicht die Chance am Schopfe packen? Mit so einem Adonis konnte man nicht alle Tage etwas trinken gehen!

„Das ist wirklich nicht nötig, Sie haben doch bestimmt Termine!" Sie biss sich auf die Lippe und versuchte, möglichst gelassen zu wirken.

„Bitte, sagen Sie ‚du'. Ich würde dann einfach dasselbe tun." Erwartungsvoll schaute er sie an und hoffte offensichtlich, dass er nicht zu aufdringlich erschien.

„Weißt du Ben, einen Kaffee schuldest du mir für dieses heftige, unverschämte Anrempeln eigentlich wirklich!" zwinkerte sie und hatte innerhalb weniger Sekunden seine Hand an ihrem Rücken, mit welcher er sie lachend in Richtung Osten dirigierte.

Sie passierten die Kleine Rittergasse und er entschuldigte sich erneut, dass er sonst nie so gedankenlos unterwegs war und immer ein Auge auf seine Umgebung hätte.

Alt-Sachsenhausen war an diesem frühen Montagabend wie ausgestorben und im Gegensatz zu den meisten Wochenenden kam man ohne Mühe vorwärts. Vor dem berühmtesten Pub des Stadtteils blieb Ben stehen.

„Ich hoffe, du hälst mich nicht für einen Alkoholiker, aber mir ist grade nach einem guten Whiskey, schon seit ich die Scherben auf dem Boden gesehen habe." Er sah sie nachdenklich an und meinte: „Mein Tag war mehr als bescheiden, da könnte ich ein, zwei Gläser davon besser gebrauchen, als einen Kaffee."

„Ich bin dabei," sagte Nina sofort, der das Herz bis zum Hals schlug und die dringend etwas brauchte, um ihre Nerven zu beruhigen.

War sie eigentlich noch ganz dicht? Sie kannte den Kerl überhaupt nicht! Vielleicht war es Menschenkenntnis oder einfach plötzliche Naivität, doch sie wollte im Moment auf keinen Fall irgendwo anders sein. Ben bestellte zwei Gläser des teuersten Whiskeys auf der Karte und prostete ihr vielsagend zu.

„Du verdienst wohl gut?" lächelte sie und zog die Augenbrauen nach oben.

„Auftragskiller," meinte er achselzuckend. „Da wird man gut bezahlt." Nina grinste und sagte: „Komisch, dass wir uns in dem Business noch nie begegnet sind. Eigentlich kennt man sich doch untereinander!"

Ben lachte, „Ach, ich bevorzuge es, allein zu arbeiten und der Konkurrenz immer einen Schritt voraus zu sein."

Da er offensichtlich ein Geheimnis um seinen Beruf machen wollte, tat Nina es ihm gleich. Außerdem hatte sie für heute genug von der Arbeit, mit Ben gab es mit Sicherheit auch andere interessante Gesprächsthemen.

„Du sahst gestresst aus, als wir ineinander gerannt sind. Hattest du einen harten Tag, oder ist das Leben mit Anfang Zwanzig schon so anstrengend?" „Mitte Zwanzig trifft es eher," sagte Nina und sah ihn prüfend an. Aber das hat jemand in deinem Alter bestimmt schon vergessen."

„Also mit Vierunddreißig kann ich mich an die wilden Jahre zumindest wage erinnern," rügte Ben sie lachend. Ihre Getränke kamen und für einen Moment tranken beide schweigend.

„Trinken gutaussehende Männer mit Mitte Dreißig denn immer Whiskey?" fragte Nina und wunderte sich gleichzeitig über ihren Mut. Irgendetwas gab ihr das Gefühl, sich vor Ben nicht zu blamieren, sondern ihn direkt konfrontieren und somit herausfordern zu können.

„Da fühle ich mich aber geschmeichelt." Ben zog die Augenbrauen nach oben. „Ehrlich gesagt habe ich keine Ahnung, normalerweise trinke ich keinen Whiskey."

„Und was ist heute so Besonderes passiert?" wollte Nina wissen. Er blickte einen Moment nachdenklich auf den Tisch vor sich.

„In letzter Zeit passiert so Einiges. Vorhin war ich bei meinem Großvater im Pflegeheim, er wird es wohl nicht mehr lange machen.

Krebs," ergänzte er, verzog den Mund und trank sein Glas mit einem Schluck leer.

Nina überlegte, was sie antworten sollte. „Das tut mir leid. Ganz ehrlich, Krebs wünscht man einfach niemanden."

Ben zuckte mit den Schultern. „Er hat sein Leben gelebt. Mein Opa war ein guter Mann. Wenn er mitbekommen würde, was meine Familie sich nun für eine dreckige Schlacht um sein Erbe liefert, würde er aus dem Krankenbett aufstehen und jedem Einzelnen den Hintern versohlen." Er blickte auf und lächelte. „Jedenfalls war ich gerade auf dem Weg zurück zum Parkhaus, als mir plötzlich eine wunderschöne Frau auf die Füße getreten ist!"

Nina merkte, dass sie rot wurde und deutete ablenkend auf die beiden leeren Gläser. Grinsend bestellte Ben noch zwei Whiskey. Aus dieser Runde wurde eine dritte, sie sprachen über Eltern und deren Ansprüche, über das Zurechtkommen in einer neuen Stadt und über das Gefühl, einen Angehörigen zu verlieren. Als Nina auf die Uhr sah, war es bereits 22 Uhr. „Müssen wir nicht langsam los?" fragte sie und deutete an die Wand.

„Stimmt, das sollten wir wohl. Mit einem tollen Gesprächspartner vergeht die Zeit wirklich wie im Flug." Er hob die Hand und deutete dem Kellner an, zahlen zu wollen.

Verbotene Früchte.

Vor dem Pub machte Nina den Reißverschluss ihrer Jacke zu und fragte: „Was nun? Fahren solltest du ja eigentlich nicht mehr?"

Ben lachte. „Nein, ich nehme mir ein Taxi. In welcher Richtung wohnst du? Dann bringe ich dich noch ein Stück."

„Das musst du wirklich nicht, ich wohne nur ein paar Minuten von hier entfernt," sagte sie, schon leicht beschwipst. Er wiegelte ihren Einwand mit einer Hand ab und hob mit der anderen Ninas letzte verbliebene Tüte in die Luft.

„Noch ist die hier ja nicht leer, also steigen wir auf noch ein paar Schlückchen Wodka um und machen einen kleinen Abendspaziergang. Oder gibst du mir einen Korb?" Mit gespielter Beleidigung in den Augen sah er sie an. Unglaublich, selbst mit aufgesetztem Hundeblick war dieser Mann so unglaublich heiß!

„Alles klar, dann los," sagte Nina und hakte sich bei ihm ein.

Vor ihrem Haus angekommen deutete Nina auf eine kleine Bank, einige Meter von der Haustür entfernt. Als sie sich gesetzt hatten, öffnete sie die Wodkaflasche und reichte sie ihm, nachdem sie selbst einen Schluck getrunken und das Gesicht verzogen hatte. Schweigend blickten beide zum klaren Nachthimmel hinauf, wo neben zahlreichen funkelnden Sternen deutlich das Blinken der Flugzeuge zu erkennen war. Romantischer hätte es nicht sein können und irgendetwas, vermutlich der Alkohol, ermutigte Nina dazu, den Kopf an seine starke Schulter zu legen.

„Weißt du, manchmal fühle ich mich wie ein verzweifelter Pilot, der nicht mehr in der Lage ist, das Flugzeug zu steuern. Er sitzt im verdammten Cockpit und kann weder lenken, noch beschleunigen oder den Autopiloten aktivieren. Und er hat das Wissen, dass hunderte Menschen hinter ihm draufgehen, wenn er einen einzigen Fehler macht. Sie vertrauen auf ihn und sind von ihm abhängig. Und das macht ihn in seiner aussichtslosen Situation völlig fertig. Er muss einen Weg finden, weiterzumachen und auf den richtigen Kurs zu kommen, es ist seine gottverdammte Pflicht!"

Ben wandte den Blick vom Himmel ab und sah frustriert auf den Boden vor sich. „Jetzt sitze ich hier und jammere jemanden voll, den ich vor vier Stunden erst kennengelernt habe." Er sah sie an und nahm noch einen großen Schluck aus der Flasche.

„Bei welcher Airline arbeitest du denn inkognito?" fragte Nina grinsend, und trank ebenfalls weiter.

Er lachte. „Ich arbeite nicht am Flughafen. Ich habe einen ganz anderen Haufen Scheiße an Verantwortung. Einen Job, der mich nachts nicht mehr schlafen lässt, Eltern und Geschwister, die sich gegenseitig zerfleischen, eine Intrige nach der anderen einfädeln, und Schwiegereltern, die mich fertig machen –"

„Du bist verheiratet?" unterbrach Nina ihn und versuchte, möglichst locker zu klingen, dabei traf sie diese Information wie ein Schlag in den Magen.

Ben machte eine kurze Pause. „Ja," sagte er und sah erneut zu Boden. „Seit acht Jahren, eindeutig viel zu früh. Meine Frau ist ein guter Mensch, und das letzte was ich möchte, ist es, sie zu enttäuschen. Aber glücklich bin ich schon lange nicht mehr. Ich habe meine beste Freundin geheiratet, aber seit einiger Zeit ist sie einfach nur noch das für mich, und dadurch fühle ich mich noch beschissener." Er sah Nina von der Seite an. „Es tut mir so leid, dass ich dir hier meine Gefühlswelt ausbreite, heute ist einfach ein beschissener Tag."

Nina versuchte, diese neue Information zu verarbeiten und gleichzeitig seinen Worten zu folgen. Ben ging es nicht gut, das stand außer Frage.

„Meine Oma hat immer gesagt: ‚Wenn du denkst, es geht nicht mehr, kommt von irgendwo ein Lichtlein her!' Und ich glaube ganz fest daran."

„Deine Oma ist bestimmt genauso hübsch wie du," grinste er und sah sie musternd an. „Hast du garantiert von ihr."

Sie merkte, wie ihr erneut die Röte ins Gesicht schoss. „Eher von meinem Vater," versuchte sie, die Situation zu überspielen. „Der ist eine absolute Sahneschnitte!"

Ben lachte. „Das glaube ich dir sofort!" Als Nina leicht fröstelte, hatte er seine Kapuzenjacke innerhalb von zwei Sekunden ausgezogen und ihr um die Schultern gelegt, ohne ein Wort zu sagen. Ein Gentleman war er auch noch.

„Meine Schuhe gebe ich dir gerne auch noch, die haben ein extrem warmes Futter," lächelte er und stellte die Flasche neben sich ab, ehe er ihr direkt ins Gesicht blickte. „Nina," begann er, „ich werde mir dafür vielleicht eine Ohrfeige einfangen, aber ich muss es einfach tun."

Mit diesen Worten nahm er ihr Kinn sanft in die Hand und drückte seine warmen Lippen leicht auf ihre.

In Ninas Kopf begannen sich alle Gedanken zu drehen. Sie war gefangen zwischen grenzenloser Geilheit, wirren Gefühlen, die ihr entgegenschrien, dass sie sich Hals über Kopf in diesen charmanten, gebildeten und gutaussehenden Typen verknallt hatte und dem schrecklichen Wort „verheiratet".

Trotzdem ließ sie es geschehen und genoss den Kuss in vollen Zügen. Schließlich zog sie den Kopf leicht zurück und lächelte. „Du hast mir eben grade noch von deinen Schwiegereltern erzählt, Ben," rügte sie ihn.

Er sah ihr Gesicht von oben bis unten an und biss sich auf die Lippen. „Es tut mir leid-," er unterbrach sich. „Anscheinend muss ich mich heute Abend dauernd entschuldigen. Nina, es war wunderschön und unter anderen Umständen würde ich versuchen, noch länger mit dir hier sitzen zu können. Aber ich denke, ich muss gehen."

Er stand langsam auf und deutete die Straße runter, dorthin, wo sich der nächste Taxistand befand. „Ich hoffe, du hast den Abend auch genossen und ich konnte das Anrempeln wieder gut machen."

Nina erhob sich ebenfalls. Verlegen griff sie nach der verbliebenen Tüte mit der Cola und den Knabbereien. „Alles okay," sagte sie und gab ihm einen Kuss auf die Wange." Sie sah ihn noch einmal an. „Deine Frau kann sich verdammt glücklich schätzen, so einen gutaussenden Typen geheiratet zu haben."

Dann drehte sie sich um und ging in Richtung der Haustür. Aus dem Augenwinkel sah sie, dass Ben sich langsam umwandte, noch einmal kurz zögerte und schließlich im Schein der Straßenlaternen verschwand.

An der Tür blieb sie stehen und schüttelte den Kopf. Seufzend setzte sie die Tüte ab und begann, in ihrer Handtasche zu kramen. Sie war angetrunken und brauchte dringend noch eine ihrer letzten Zigaretten, sowie möglichst kalte Luft um sich herum, um ihre Gedanken zu ordnen.

Vor ein paar Stunden war sie bereits von einem echten Tiefpunkt zu einer absolut freudigen Wendung gelangt. Nun traf sie einen tollen Mann, der ihr Herz hüpfen ließ - und der war vergeben? Wollte das Schicksal sie irgendwie auf den Boden der Tatsachen zurückholen? Frustriert blies Nina den Rauch in die kühle Nachtluft, zog noch ein paar Mal an der Zigarette und schnippte sie dann auf die Straße, ehe sie sich umdrehte, um die Haustür aufzuschließen.

„Es tut mir leid, ich kann einfach nicht anders." Sie hörte seine Worte und parallel dazu, wie eine Autotür zugeschlagen wurde. Als Nina sich umdrehte, kam er um das Taxi herumgelaufen, welches an der Straße gehalten hatte.

In den davonsausenden Scheinwerfern sah sie ihn an und spürte förmlich, wie ihre Knie weich wurden. Noch ehe er bei ihr angelangt war, machte sie einen Schritt nach vorne und schlang ihre Arme um seinen Hals. Er war mehr als einen Kopf größer als sie, doch es gestaltete sich leichter als gedacht, da Ben sie mit Leichtigkeit hochhob.

Sie küssten sich, als hätte ihre letzte Stunde geschlagen, irgendwie gelang es Nina dabei, mit einer Hand die Haustür aufzuschließen und gemeinsam bahnten sie sich kichernd ihren Weg in den dritten Stock. In ihrer Wohnung angekommen, packte er sie erneut an den Hüften und presste „Schlafzimmer?" zwischen ihren Küssen hervor.

„Zweite Tür links!" stammelte sie, während er stürmisch ihren Hals küsste und sie dabei in das besagte Zimmer schob. Lachend fielen sie miteinander auf ihr Bett Er zog ihr die Hose mit wenigen, offenbar geübten Handgriffen aus und warf anschließend ihre Bluse zur Seite, die beim Herunterreißen bestimmt einige Knöpfe eingebüßt hatte. Nur in Unterwäsche lag sie im Halbdunklen und sah zu ihm hinauf.

Er kniete auf dem Bett, sein inzwischen entblößter, wahnsinnig trainierter Körper wurde in einer perfekten Szene vom Mond angestrahlt.

Er sah sie an und öffnete dabei seine Jeans. Ohne groß zu zögern, packte er sie und ehe sie es sich versah, saß sie rittlings auf ihm, er selbst an die Kopfseite ihres Bettes gelehnt.

„Scheiße, ich will dich, ich kann nichts dagegen machen," murmelte er und öffnete ihren BH, die starken Arme um sie geschlungen. Froh darüber, dass sie ihre Dienstwaffe aus reiner Schusseligkeit im Präsidium gelassen hatte und daher nun einigen Fragen entgehen konnte, ließ sie alles mit sich geschehen. Eine leidenschaftlichere Sexszene hätte kein Hollywoodregisseur der Welt schreiben können. Es begann mit unglaublicher Lust und endete bei beiden in wahrer Ekstase.

Nach einer gefühlten Ewigkeit, in der Nina meinte, sich nicht mehr auf dieser Welt zu befinden, setzte sie sich völlig außer Atem auf und begriff, dass sie grade den besten Sex ihres Lebens gehabt hatte. Sie drehte sich zu Ben um und sah ihn an. Seine grünen Augen fixierten sie ebenfalls, er lag entspannt auf dem Rücken, einen Arm unter dem Kopf verschränkt.

Ich habe mich in diesen Kerl verliebt, dachte Nina. Hals über Kopf. Das gibt es einfach nicht, sagte sie zu sich selbst. Du bist so ein rationaler Mensch, noch dazu ist dieser Typ verheiratet! Was bist du jetzt, eine Ehebrecherin?!

Just in diesem Moment streckte Ben die Hand aus und zog sie zu sich, sodass sie mit nackten Brüsten auf seinem Oberkörper lag, ihre Beine ineinander verschränkt.

„Was machst du nur mit mir, schöne Unbekannte?" lächelte er und sie merkte, dass er erneut erregt war. Ehe sie es sich versah, hatte er sie auf den Rücken gedreht und besorgte es ihr zum zweiten Mal so, dass ihr Hören und Sehen verging.

Vor dem Fenster begann es bereits zu dämmern, als beide nebeneinander lagen, seinen Arm um ihre Taille gelegt.

„Ich fasse es nicht," sagte er nach einiger Zeit der Stille. „Ich habe so etwas noch nie gemacht."

„Du warst noch Jungfrau?" grinste Nina.

Er schlug ihr leicht auf die Hand. „Nein, aber du hast mir das Gefühl gegeben, als hätte ich heute Nacht zum ersten Mal Sex gehabt." Da es ihr ebenso ging, sagte sie nichts, sondern hüllte sich in zustimmendes Schweigen.

Plötzlich schoss er in die Höhe. „Verdammt!"

„Was ist los?" Nina sah ihn an, als hätte er den Verstand verloren.

„Meine Frau, ich habe vergessen, dass wir uns um 8 Uhr zum Frühstück treffen wollten!"

Bumm. Dahin war das glückliche, von tiefer Verliebtheit erfüllte Gefühl. Stattdessen wurde ihr beinahe übel. „Gut, dann geh."

„Nina…"

„Nein, es ist in Ordnung. Wir kennen uns überhaupt nicht und sind miteinander im Bett gelandet. Was hätte ich für Ansprüche, jetzt sauer zu sein? Du bist ein verheirateter Mann." Sie drehte sich um und sah auf ihr Handy. Ben hielt sie am Arm fest, als sie aufstehen wollte.

„Ich will, dass es dir gut geht, Nina," sagte er und blickte sie an. „Und ich will dich wiedersehen."

Nina hob den Kopf und sah ihn an. „Du denkst aber nicht, dass ich ab jetzt deine Affäre spiele, oder?" Sie wusste, dass sie übertrieb, doch die Wut und ihre eigene Naivität – zu glauben, dass sie in der vergangenen Nacht plötzlich ihren Traumprinzen gefunden haben könnte - schienen unermesslich.

Er seufzte genervt. „Soll ich etwa wegen einem One-Night-Stand sofort die Scheidung einreichen? Wie stellst du dir das vor?"

„Wow." Nina zog ihren Arm weg und stand auf. „Der One- Night- Stand geht jetzt ins Bad, danach bist du hoffentlich weg, Frauchen wartet bestimmt schon." Sie macht eine kurze Pause. „So gut warst du nicht, dass ich mir wegen jemandem wie dir die Augen ausweine, keine Sorge!" Sie sah ihn möglichst verächtlich an und wandte sich um.

„Das ist unfair, benimm dich nicht wie ein Kleinkind!" rief er noch, ehe sie die Badezimmertür mit einem lauten Knall hinter sich zuschlug.

Nachdem Nina hörte, dass Ben gegangen war, schloss sie langsam die Badtür auf, stellte die Kaffeemaschine an und setzte sich mit ihrem dampfenden Becher an den Esstisch im Wohnzimmer. Dabei rasten ihre Gedanken nur so dahin.

Seufzend machte sie sich eine weitere Zigarette an und versuchte, sich nicht zu sehr für ihre eigene Dummheit zu hassen. Dafür, dass sie sich wie ein dummer Teenager in einen verheirateten Kerl verguckt hatte.

Die Jagd beginnt.

Nach zwei Tassen Kaffee fühlte Nina sich zwar wach, aber auch so, als sei sie brutal von Wolke Sieben auf den Boden der Tatsachen gefallen – mit dem Kopf voran. Sie hatte einen leichten Kater, unter der Woche zu trinken war schlicht und einfach eine dumme Idee. Dazu kam, dass sie keine Minute geschlafen hatte und ihr Magen sich in regelmäßigen Abständen um sich selbst drehte.

Um irgendetwas im Bauch zu haben, kaufte sie beim Bäcker ein Laugenbrötchen und biss einige Mal lustlos hinein, ehe sie aus der U2 stieg. Was war sie froh, wenn die Übergangszeit ohne Auto vorbei war und sie endlich wieder mobil sein konnte! In fünf Tagen könnte sie sich bequem auf den Sitz ihres Audis fallen lassen und müsste nicht mit hundert anderen Menschen zusammengepfercht in einem engen Abteil sitzen.

Genervt blickte sie durch die dreckige Scheibe des Zuges und ließ kurze Zeit später den grauen, wolkenverhangenen Himmel hinter sich, als sie das Präsidium betrat, krampfhaft versuchend, sich nun voll und ganz auf die Arbeit und ihre neue Vorgesetzte zu konzentrieren. Sie joggte die Treppen hinauf und klopfte kurze Zeit später an Jägers Tür.

„Guten Morgen, das nenne ich perfektes Timing! Nein, nein," die Kommissarin machte eine unterbrechende Handbewegung, „lass die Jacke direkt an, Hamburg, an deinem neuen Arbeitsplatz sitzt du noch oft genug!"

Jäger zeigte auf den frei geräumten Schreibtisch zu ihrer Linken. „Jetzt geht's an die Arbeit, ich habe nur noch darauf gewartet, dass du kommst. An deinem ersten Tag wollte ich dich nicht direkt um 6 Uhr aus dem Bett klingeln, aber in Zukunft mache ich das," sie grinste und deutete Nina an, in den Flur zu gehen. „Los geht's, ich erzähle dir alles unterwegs."

„Wohin fahren wir denn?" fragte Nina und zog sich ihren schwarzen Herbstmantel mit dem weißen Kragen wieder über die Schultern. Vielleicht war der Schlafmangel schuld daran, auf jeden Fall war ihr den ganzen Morgen schon unglaublich kalt.

„In die Uniklinik. Das Mädchen ohne Möpse ist aufgewacht und kann vernommen werden."

Auf der kurzen Fahrt vom Polizeipräsidium zum Universitätsklinikum Frankfurt am Main brachte Jäger sie auf den neuesten Stand, während sie an jeder roten Ampel hektisch in ein Schinkenbaguette biss und es beim Weiterfahren wieder in ihren Schoß fallen ließ.

„Luisa Beil, 16 Jahre alt, Schülerin der Anne- Stein- Schule im Westend, wurde am Sonntagabend um 22:30 Uhr von Passanten, die mit ihrem Hund Gassi waren, im Grüneburgpark gefunden. Sie war bewusstlos, offenbar hat der Täter sie betäubt. Das wird dir aber einer der Ärzte in Kurzform besser erklären können. Bisher war sie nicht vernehmungsfähig, sie haben sie erst einmal ruhiggestellt."

Sie machte eine Pause und gluckste. „Passender Nachname, oder? Es war zwar bestimmt kein Beil, mit dem sie abgetrennt wurden, trotzdem musste ich fast grinsen, als ich es gehört habe!"

Nina, die diese Tatsache absolut nicht zum Lachen fand, biss sich auf die Lippe. Jäger sah zu ihr hinüber.

„Hamburg, zieh nicht so ein Gesicht! Das war ein Scherz, irgendwie muss man die ganzen Geschichten doch mit Humor nehmen, um nicht durchzudrehen." Sie sah wieder auf die Fahrbahn. „Wie eine Spaßbremse kamst du mir nicht vor."

„Ist schon in Ordnung," antwortete Nina. „Selbstschutz ist immer gut, wenn du dafür ein paar Dinge unter der Gürtellinie raushauen musst, ist das kein Problem für mich." Sie musterte Jäger von der Seite. Im Profil sah sie noch stärker aus, ihre gerade Nase und die hohe Stirn verliehen ihr beinahe etwas Erhabenes. Die Kommissarin war definitiv eine faszinierende Frau.

„Was ist das mit den Städtenamen?" fragte Nina.

„Ach das," Jäger lachte. „Ich kann mir schlicht und einfach die Namen der Neuen nicht merken, dann doch lieber ihre vorherigen Wohnorte. Bei manchen will ich es auch gar nicht, sie sind es nicht Wert."

Schweigend fuhren sie am Westhafen Tower mit seinen bläulich verspiegelten Fenstern vorbei, den die Frankfurter scherzhaft als riesiges Apfelwein Glas bezeichneten und überquerten den Main. Ein paar Minuten später fuhren sie auf den Parkplatz des Uniklinikums und schnallten sich ab.

„Was für ein Mensch tut so etwas? Einem Mädchen die Brüste abschneiden?"

„Naja, was habt ihr denn im Studium gelernt? Da war doch sicherlich eine Menge an psychologischen Fachbüchern, die ihr durchkauen musstet?" Jäger zuckte mit den Schultern, während sie sich abschnallte und Nina andeutete, auszusteigen.

„Meine bescheidene Meinung ist, dass es dem kranken Bastard gezielt um Entstellung ging. Was ist es, was eine Frau schön und weiblich wirken lässt? Ihre Brüste. Hat sie diese nicht mehr, wird ihr etwas Essentielles geraubt, sie ist in den Augen der Gesellschaft fehlerhaft und steht nicht mehr für reine Weiblichkeit."

Im Inneren des Klinikums gingen sie an die Information, zeigten ihre Ausweise und erkundigten sich, wo sie Luisa Beil finden konnten. Anschließend gingen sie zum Aufzug, die Kommissarin drückte den Knopf und sah Nina an.

„Natürlich stellen sich zwei wichtige Fragen: Kannte das Mädchen den Täter, war es also eine persönliche Fehde, oder war es ein Unbekannter, der ihr das angetan hat? Die zweite Frage lautet, war es ein Mann oder eine Frau?"

„Denkst du wirklich, ein anderes Mädchen könnte ihr das angetan haben?" Nina runzelte die Stirn.

„Sicher. Frauen sind, besonders wenn es um Eifersucht und Missgunst geht, oft grausamer als Männer. Ja, die brutale Vorgehensweise spricht eher für einen männlichen Täter, aber einer

Anderen das Frauliche zu nehmen, das kann auch einem kranken weiblichen Kopf entspringen. Außerdem habe ich schon Pferde kotzen sehen."

Sie stiegen aus dem Fahrstuhl aus und hatten nach kurzer Suche den zuständigen Stationsarzt gefunden, der sich als Dr. Weber vorstellte. Zu dritt gingen sie in ein kleines Personalzimmer, schenkten sich einen Kaffee ein und nahmen an dem runden Tisch Platz.

„Meine Kollegen haben die junge Frau von der Intensivstation hierher verlegt, sie ist seit gestern Abend hier. Im Moment sind ihre Eltern bei ihr, aber Sie können gleich mit ihr sprechen," sagte der Arzt mit schütteren, dunkelgrauen Haaren und einer dicken, schwarzen Brille, nachdem er an seiner dampfenden Tasse genippt hatte.

„Was können Sie uns denn bereits sagen? Was wurde mit ihr gemacht? Ihr Kollege hat mir gestern schon einen groben Überblick gegeben, aber was ist nun Stand der Dinge?" Jäger beugte sich vor und sah den Arzt abwartend an.

„Es sieht ganz so aus, als habe man das Mädchen zunächst bewusstlos geschlagen. Sie hat ein großes Hämatom am Hinterkopf, daher vermuten wir, dass der Täter ihr aufgelauert und sich von hinten angenähert hat. Sie wurde am Sonntagabend um 23 Uhr eingeliefert, zu dem Zeitpunkt konnten wir noch immer einen geringen Wert an 4- Hydroxybutansäure in ihrem Blut und Urin nachweisen."

Nina hob die Hand und fragte: „GHB? Die Vergewaltigungsdroge?"

Dr. Weber sah Nina an. „Viele Menschen nennen diesen Wirkstoff so, im Prinzip ist es einfach ein starkes Betäubungsmittel. Von dem Wert, den das Mädchen zum Zeitpunkt der Einlieferung noch im Blut hatte, lässt sich schätzen, dass ihr das GHB etwa gegen 20:15 Uhr verabreicht wurde, eventuell war sie zu diesem Zeitpunkt sogar noch aufgrund des Schlags bewusstlos."

Jäger nickte und sagte: „Sie hat das Fitnessstudio in Bockenheim um 19 Uhr verlassen und sich auf den Nachhauseweg gemacht, soviel wissen wir schon einmal. Dort kam sie jedoch nicht an. Zeitlich würde das also passen."

Sie wandte sich wieder an den Arzt. „Was hat der Täter mit ihr gemacht, nachdem sie betäubt worden ist?"

Dr. Weber holte tief Luft und sagte: „Er hat ihr, vereinfacht gesagt, beide Brüste amputiert. So, wie das verbliebene Brustgewebe aussieht, hat er vermutlich ein Skalpell verwendet. Der Täter war mit Sicherheit kein Profi, aber auch kein absoluter Stümper.'

„Wurde sie vergewaltigt? Oder auf andere Art und Weise sexuell missbraucht?"

„Soweit ich das beurteilen kann, nein. Wir haben keine Sperma- oder Latexspuren gefunden und auch keine Verletzungen im Intimbereich. Sie trug nach wie vor ihre enge Jeans, selbst ihre Trainingsklamotten mitsamt der Sporttasche waren neben ihr abgelegt worden.

„Das heißt, er hat sie lediglich entführt, um ihr die Brüste abzuschneiden?" fragte Nina verwirrt. „Dieses kranke Schwein."

„Wenn Sie betäubt war, was denken Sie, wie viel hat das arme Ding von alledem mitbekommen?" wollte Jäger wissen.

Dr. Weber kratzte sich an der Nase. „Das lässt sich nicht genau sagen, zu Beginn war das Mädchen nicht ansprechbar und gestern Abend mussten wir ihr Beruhigungsmittel geben, nachdem meine Kollegin mit ihr gesprochen hat. Sie wird nicht alles mitbekommen haben und vermutlich teilweise bewusstlos gewesen sein, doch GHB wirkt kaum schmerzlindernd, daher wird sie gelitten haben."

Beide Frauen schwiegen einen Moment. „Und sie konnte sich nicht wehren?" Nina sah angewidert auf ihre Tasse.

„Nein, in ihren klaren Momenten während der Tat wird sie nicht in der Lage gewesen sein, sich groß zur Wehr zu setzen. Wir haben auch keinerlei Fesselspuren gefunden, das heißt, der Täter hatte freie Bahn, da sie kaum bewegungsfähig war."

„Wie geht es jetzt mit ihr weiter?" fragte Nina und konnte sich nicht einmal ansatzweise vorstellen, wie Luisa sich nun fühlen musste.

„Zunächst einmal bekommt sie Schmerzmittel und Medikamente, damit keine Entzündungen entstehen. Wir werden sehen müssen, wie dem Mädchen nun geholfen werden kann. Es ist kaum mehr Fettgewebe vorhanden, also wird eine völlig neue Brust von Nöten sein, beispielsweise durch Implantate und körpereigenes Gewebe von Bauch oder Rücken der Patientin. Das werden wir in den nächsten Tagen, gemeinsam mit den Kollegen der Chirurgie und Gynäkologie, besprechen müssen."

Er hob die Schultern und fuhr fort: „Die psychischen Folgen sind meiner Ansicht nach noch verheerender. Sie wurde nicht vergewaltigt, aber verstümmelt, ihr fehlt ein wichtiger Teil ihres Körpers. Nachher wird eine Psychotherapeutin mit ihr sprechen. Ich denke, vor dem armen Mädchen werden einige Jahre in therapeutischer Behandlung liegen."

Weber deutete mit dem Kopf in Richtung Tür. „Und ihre Eltern tuen nicht das Beste, um ihr beizustehen."

„Danke für Ihre Zeit, Herr Dr. Weber." Jäger erhob sich und reichte dem Arzt die Hand. Während dieser sich auch von Nina verabschiedete, sagte er: „Eine Sache noch, die vermutlich für Ihre Ermittlungen wichtig ist."

Beide Frauen drehten sich noch einmal zu ihm um.

„Der Täter wollte vermeiden, dass Luisa stirbt. Er hat ihr einen sorgfältigen Druckverband um die Brust gelegt, damit sie nicht zu viel Blut verliert, und er hat die offenen Wunden desinfiziert. Wir wissen nicht, wie lange sie sonst bewusstlos in diesem Park durchgehalten hätte, wenn die Blutung nicht eingedämmt worden wäre."

Ricarda Jäger sah den Arzt einen Moment lang an und schien etwas sagen zu wollen, dann machte sie den Mund jedoch wieder zu, fuhr sich mit der Hand über die Stirn und trat vor Nina auf den Flur.

Beide Frauen hatte das, was sie soeben erfahren hatten, sichtlich mitgenommen. Wer kam nur auf so etwas?

„Er hat sie medizinisch versorgt?" Nina stelle sich neben Jäger und schüttelte fassungslos den Kopf. „Es ging ihm also nur um die Amputation?"

Ehe Jäger antworten konnte, wurden sie von einer lauten Frauenstimme unterbrochen.

„Sie da! Sind Sie die Kommissarin, die für meine Tochter hier ist?"

Die gefallene Königin.

Eine blonde, große Frau mit einer wahnsinnig tollen Figur in einem hautengen, roten Kleid, schwarzen Strumpfhosen und samtgrünen, kniehohen Stiefeln, kam auf die beiden Frauen zugeeilt. „Haben Sie Fortschritte gemacht? Was wissen Sie über dieses kranke Schwein?"

„Frau Beil, nehme ich an?" Jäger streckte ihr die Hand entgegen, welche Luisas Mutter nur halbherzig ergriff. „Ich bin Kommissarin Jäger, das ist meine Kollegin, Nina Hilbert. Ist Ihre Tochter wach?"

„Sicher, wir warten ja seit Stunden auf Sie!" Mit diesen Worten eilte die große Blondine voraus und ging durch die Tür des dritten Patientenzimmers auf der rechten Seite. Nina und Jäger sahen sich vielsagend an, ehe sie sich beide daran machten, der aufgebrachten Frau, die offenbar gerne dirigierte, zu folgen.

Sie betraten das Krankenzimmer und Nina erschrak. Das Mädchen in dem Patientenbett war ein Ebenbild ihrer Mutter, lange blonde Haare, große blaue Augen und schlicht und einfach wunderschön. Der Ausdruck, der auf ihrem Gesicht lag, verlieh ihr allerdings eher das Antlitz einer Toten. Sie war leichenblass und starrte mit tiefen Schatten in den leeren Augen an die Wand. Die Decke hatte sie bis zum Bauch gezogen, unter dieser konnte man einen großen, weißen Verband erkennen.

Neben ihr saß ein Mann in einem dunkelgrauen Anzug, er fummelte nervös an seiner blauen Krawatte herum und schien froh zu sein, nun nicht mehr mit seiner Tochter allein sein zu müssen.

„Guten Tag, Luisa," sagte Jäger sanft, nachdem sie ihrem Vater auf seinem Stuhl zugenickt hatte. „Ich bin Ricarda, das ist Nina. Wir sind von der Polizei. Können wir kurz mit dir sprechen?"

Luisa reagierte nicht. „Das ist schon die ganze Zeit so," rief ihre Mutter, die nicht aufhörte, von einer Ecke des Raumes zur anderen zu wandern. „Sie antwortet kaum!"

„Ihre Tochter steht unter Schock, Frau Beil," entgegnete Nina und hätte am liebsten noch einige andere Dinge zu dem unmöglichen Verhalten dieser Mutter gesagt. Es war ganz offensichtlich, dass hier Samthandschuhe von Nöten waren. Sie bezweifelte ohnehin, dass das Mädchen viel von dem wahrnahm, was um sie herum geschah. Sie hatte sich völlig in ihre eigene Welt zurückgezogen, ein ganz normaler Schutzmechanismus.

„Kannst du uns irgendetwas sagen, woran du dich erinnern kannst? Was ist am Sonntagabend passiert?" fuhr Jäger fort. Sie setzte sich vorsichtig auf den untersten Rand des Bettes, während Nina sich einen Stuhl herbeizog. Dabei sah sie, dass dem Mädchen eine Träne über die Wange kullerte.

„Luisa, antworte doch den Polizisten! Mit deinem Schweigen machst du nichts besser!"

„Frau Beil, könnten wir vielleicht einen Moment auf den Flur gehen? Meine Kollegin hat nur ein paar Fragen an Ihre Tochter, das wird sicherlich schnell gehen." Nina versuchte, so freundlich wie möglich zu klingen.

„Ich habe ihn nicht erkannt," ertönte eine leise Stimme. Luisa sah Nina und Jäger an und schien doch durch die beiden hindurchzusehen. „Ich habe alles gespürt, aber ich konnte nichts machen. Und es war kalt, fürchterlich kalt."

Sie machte eine kurze Pause und drehte ihren Kopf wieder zur Wand. „Ich will jetzt schlafen. Wenn Sie gehen, nehmen Sie bitte meine Eltern mit."

Nachdem ihre empörte Mutter, sowie ihr Vater, der nun eifrig auf seinem Handy herumtippte, mit ihnen auf den Flur getreten waren, nahm Jäger sich beide zur Brust.

„Hören Sie mal, ihre Tochter ist Opfer eines Gewaltverbrechens geworden! Geben Sie ihr doch die Möglichkeit, durchzuatmen und dieses Trauma zu überstehen! Hektik ist genau das Gegenteil von dem, was Luisa jetzt braucht."

„Ich weiß sehr wohl, was meine Tochter nun braucht," fauchte Frau Beil und sah die beiden Frauen an. „Die besten Schönheitschirurgen des Landes, was sage ich, der ganzen Welt! Mein Kind hat keine Brüste mehr und ist flach wie ein Brett! Natürlich ist sie traumatisiert von dem, was dieser Irre ihr angetan hat! Daher verbreite ich so viel Stress, wie ich nur kann! Sie hat es überlebt und sie ist eine Kämpferin, es müssen nur diese Ärzte hier endlich zu Potte kommen und augenblicklich damit anfangen, meine Tochter wieder zusammenzuflicken, dann regelt sich jedes Trauma ganz von allein! Wenn Sie wieder wie ein normales Mädchen aussieht, dann wird sie schnell wieder die Alte sein."

Die Blondine schüttelte fassungslos den Kopf. „Wieso versteht das hier niemand?!"

Eine Krankenschwester kam auf sie zu und ermahnte sie, auf dem Gang doch bitte leiser zu sein und an die Ruhe der Patienten zu denken.

„Komm, Liebling, ich muss sowieso endlich los zu dem Termin," murmelte ihr Mann und nahm seine Frau bei der Hand. „Unsere Tochter wird das überstehen, wir regeln das und bald wird dies alles nur noch ein bedauerlicher Vorfall sein, welcher der Vergangenheit angehört." Herr Beil räusperte sich. „Tun sie mir bitte den Gefallen und halten unseren Namen aus den Schlagzeilen heraus, es geht meine Mandanten nun wirklich nichts an, dass meine Tochter aktuell keine Brüste mehr hat."

Mit offenem Mund sahen die beiden Polizistinnen das Ehepaar an.

„Sie sind ein Paradebeispiel dafür, dass manche Leute keine Kinder bekommen sollten," zischte Nina schließlich, warf den Eltern einen verachtenden Blick zu und ging in Richtung des Treppenhauses. Sie ignorierte die empörten Worte von Luisas Mutter und verstand auch nicht, was Jäger noch zu ihnen sagte. Sie musste einfach an die frische Luft. Als sie sich vor der Tür eine Zigarette anzündete und ihre Vorgesetzte auf sie zukam, rechnete sie mit einem Anschiss.

Jäger stellte sich neben Nina, musterte sie eine Zeit lang und zündete sich ebenfalls eine Zigarette an. Schweigend rauchten die beiden und gingen dann gemeinsam zum Wagen. Ehe sie einstiegen, demonstrierte Jäger, dass sie es nun anscheinend Wert war, nicht mehr nur ein Stadtname zu sein. „Alles klar, Nina? Als Nächstes geht's für ein erstes Briefing zum Staatsanwalt."

Die Staatsanwaltschaft Frankfurt am Main lag in der Nähe der Konstablerwache, sie mussten also zurück in die Innenstadt. Um diese Zeit gelang dies ganz gut, auch wenn Jäger unterwegs noch durch den Drive In eines Fastfood Restaurants fahren wollte und sie einen ziemlichen Umweg in Kauf nehmen mussten.

„Wir fahren morgen noch einmal ins Krankenhaus. Am späten Nachmittag, dann sind die Eltern sicherlich weg und wir haben eine Chance, ein normales Gespräch mit dem Mädchen zu führen."

Nina nickte. „Es tut mir leid, dass ich so deutlich geworden bin, aber das Verhalten dieser Mutter hat mich so wütend gemacht! Da liegt ihre zutiefst traumatisierte Tochter und die Frau macht sich Gedanken um Äußerlichkeiten und wann ihre Tochter wieder zum perfekten Vorzeigepüppchen wird?!"

Jäger sah in den Rückspiegel und sagte: „Eines wirst du schnell merken. Es gibt nichts, was es nicht gibt. Du wirst lernen, die sonderbarsten Menschen und ihre Meinungen einfach hinzunehmen, denn ändern kannst du sie sowieso nicht."

Nach einer kurzen Pause, kurz vor dem Schnellrestaurant, meinte sie: „Ich denke, das Mädchen hat mit ihren wenigen Worten die Wahrheit gesagt. Sie hat wirklich nichts gesehen, oder den Täter zumindest nicht erkannt. Da wird noch Einiges an Arbeit auf uns zukommen und wir wissen nicht einmal, ob es eine Beziehungstat oder ein willkürlicher, sadistischer Angriff war. Wir können nur hoffen, dass Luisa sich nicht völlig zurückzieht, dann erfahren wir überhaupt nichts."

Vor dem Schalter des Drive Ins trommelte sie ungeduldig mit den Fingern auf das Lenkrad vor sich. „Wenn ich nicht alle zwei Stunden etwas esse, werde ich ungenießbar," sagte sie entschuldigend und zuckte mit den Schultern. „Das solltest du vielleicht wissen, Partner."

Nina bestellte sich ebenfalls einen Burger und während sie weiter in die Mainmetropole hineinfuhren, fragte sie: „Ich darf Ricarda sagen, ja?"

„Ricarda, Jäger, Boss. Was immer du möchtest."

Nina grinste. „Hast du Kinder? Oder bist du verheiratet?"

„Ich habe zwei erwachsene Jungs," sagte die Kommissarin und wischte sich mit dem Handrücken über den Mund, da die Sauce an allen Seiten des Burgers heraustropfte. „Beide am Studieren, einer in Bayreuth, einer in London. Sind gute Jungs," sagte sie stolz.

Nachdem sie schmatzend den letzten Bissen heruntergeschluckt hatte, fuhr sie fort. „Ihren Erzeuger brauche ich nicht mehr. Er war toll als die Jungs klein waren, aber irgendwann konnten wir uns einfach nicht mehr leiden. Heute brauche ich keine Beziehung mehr. Ich habe meinen Job, der fordert mich genug. Und für ein bisschen Zweisamkeit habe ich einen sehr heißen Nachbarn, der mir hin und wieder behilflich ist."

Nina lachte und Jäger blickte zu ihr herüber. „Was ist mit dir? Du bist ein hübsches Mädel. Gibt es jemanden in Hamburg, oder einen vom Studium in Wiesbaden?"

Sie wusste nicht wirklich, was sie antworten sollte, schüttelte dann aber den Kopf.

„Süße, du hast eine Kommissarin neben dir sitzen. Erzähl mir keinen vom Pferd."

Lächelnd biss Nina sich auf die Lippen. „In Ordnung, ich könnte mich eventuell gestern Hals über Kopf in jemanden verknallt haben. Und es könnte sein, dass er mit zu mir gekommen ist. Und es könnte sein, dass ich ein totaler Idiot bin, weil er verheiratet ist. Ich bin nicht so naiv zu glauben, dass so etwas wirklich funktionieren könne, ich kann niemandem den Mann wegnehmen. Es hat sich also sowieso schon erledigt."

Jäger pfiff anerkennend durch die Zähne. „So eine bist du? Hätte ich nicht gedacht. Nur Spaß, manchmal bringt eine heftige Anziehungskraft uns einfach durcheinander und haut uns aus den Socken. Ich hoffe, du bekommst das, was am besten für dich ist – aber generell sage ich immer, Mädels, lasst die Finger von verheirateten Kerlen!"

Auf dem Weg vom Parkhaus zu dem vierstöckigen Gebäude murmelte die Kommissarin, dass sie diese Treffen nie leiden konnte. „Sie halten dich nur auf, diese Gänge dorthin. Oft genug kannst du sowieso nichts Neues mitteilen, du könntest den Staatsanwälten also genauso gut am Telefon einen kurzen Stand der Dinge geben. Manchmal funktioniert das auch, oft genug wollen die wichtigen Typen aber, dass du bei ihnen antanzt. Das hier wird jetzt sowieso nur ein Erstgespräch, wir haben ja noch nicht mal wirklich etwas."

Nina ging neben ihr die Treppe hinauf und war innerlich dankbar, dass sie die Entscheidung, Jura zu studieren, frühzeitig über Bord geworfen hatte.

Wie sie nun hautnah während der Woche bei Schneid gelernt hatte, lag ihr stundenlanges Sitzen am Schreibtisch und Durchgehen von Akten einfach nicht. Bei einer Tätigkeit als Anwältin wäre sie innerhalb kürzester Zeit eingegangen wie eine vertrocknete Pflanze.

„Müssen wir zu Staatsanwältin Reuter? Mit ihr habe ich letzte Woche schon einmal telefoniert, als ich noch in Schneids Büro festsaß."

„Das wäre zu schön, Reuter ist immer lustig, besonders, wenn sie schon ein paar Mal an ihrem Flachmann genippt hat," Jäger machte eine dementsprechende Handbewegung. „Aber der Kollege hier," sie deutete auf die geschlossene Tür, vor der sie nun angekommen waren, „der ist relativ neu. Ein heißer Typ!"

Nina grinste und klopfte an. Nach einigen Momenten wurde die Tür geöffnet und eine blonde Frau Mitte Dreißig öffnete ihnen mit einem Lächeln die Tür.

„Guten Tag," sagte sie zu den beiden Frauen, wandte sich um und fragte: „Dann sehen wir uns heute Abend?"

Als der Staatsanwalt hinter ihr ebenfalls lächelnd in Ninas Blickfeld trat, hätte sie beim Anblick der strahlend grünen Augen am liebsten auf den hellblauen Teppich gekotzt.

Erde, tu dich auf.

Wahrscheinlich hatte in den folgenden Sekunden niemand blöder aus der Wäsche geschaut, als Ben und Nina es nun taten, während sie sich wie vom Donner gerührt gegenüberstanden. Ben war hinter der Blondine im Türrahmen erschienen und hatte ihr lächelnd in die Jacke helfen wollen.

Als er von Jäger zu ihr blickte, verrutschte sein Lächeln innerhalb von Sekundenbruchteilen zu einer schiefen Grimasse. Mit weit aufgerissenen Augen starrte er sie an und hielt mitten in der Bewegung inne, sodass die Frau ihren Arm leicht drehen musste, um in den Ärmel schlüpfen zu können.

„Danke, mein Schatz." Sie küsste ihn auf die Wange und streckte Nina die Hand entgegen.

„Diana Hamann, freut mich. Ich habe meinem Mann nur schnell sein Diensthandy vorbeigebracht, der Schussel hatte es wieder auf dem Esstisch liegen lassen." Voller Liebe blickte sie ihn an und Nina wusste nicht, wohin sie selbst schauen sollte.

Sie schätzte Diana auf 34, Bens Alter. Sie war größer und schlanker als Nina, ein paar Kilo mehr hätten ihr sogar gutgetan. Trotzdem war sie eine hübsche Frau, die kaum Make-Up trug und deren blaue Augen perfekt in das ovale Gesicht passten.

„Ich will Sie nicht weiter stören," sagte sie fröhlich, nachdem sie auch Jäger die Hand gegeben hatte. „Bis später, ich freue mich auf das Dinner!"

Beinahe davon schwebend betrat sie den Flur mit einer beneidenswerten Leichtigkeit und verschwand mit ihrem beigen, wehenden Trenchcoat um die Ecke.

„Nun," überspielte Jäger die Stille und sah forschend von Nina zu Ben. „Hier sind wir, Herr Hamann. Wir kommen direkt vom Krankenhaus."

Ben räusperte sich und trat zur Seite. „Natürlich, sehr schön, dass Sie vorbeigekommen sind." Er deutete auf die beiden Stühle vor seinem großen, aufgeräumten Schreibtisch. „Nehmen Sie doch Platz."

Während Jäger sich setzte, wies sie auf Nina. „Das ist Frau Hilbert, sie ist neu dabei und wird den Fall mit mir zusammen bearbeiten."

„Ah, ja, Frau Hilbert," wiederholte Ben und streckte ihr, verzweifelt um ein unschuldiges Lächeln bemüht, die Hand entgegen.

Nina ergriff sie zögernd und schluckte. „Schön, Sie kennenzulernen."

Mit hochgezogenen Augenbrauen beobachtete Jäger die Szene und als beide Platz genommen hatten, begann sie, dem jungen Staatsanwalt ihren Bericht vorzutragen.

Nachdem Ben aufmerksam zugehört und sich einige Notizen gemacht hatte, bat er die beiden, sich baldmöglichst die Schule des Mädchens vorzunehmen, um einen persönlichen Zusammenhang zwischen ihr und dem Täter ausschließen zu können.

„Bitte halten Sie mich regelmäßig auf dem Laufenden, der Fall hat absolute Priorität, weil alle gleich eine Art ‚Jack the Ripper' hinter dem Täter vermuten."

Bisher hatte Nina den Augenkontakt bestmöglich gemieden, nun tat sie es Jäger gleich und erhob sich nickend.

„Eine Frage, wo finde ich auf dieser Etage denn die Damentoilette?" Ihre Vorgesetzte hob entschuldigend die Schultern und sagte nach einer kurzen Erklärung von Ben an Nina gewandt: „Vielen Dank, ich bin sofort wieder da!"

Als sie die Tür hinter sich geschlossen hatte, kam Ben langsam auf Nina zu. „Ich hatte keine Ahnung."

„DU hattest keine Ahnung? Verdammte Scheiße, das darf einfach nicht wahr sein!" sie schlug die Hände vors Gesicht. „Du bist Staatsanwalt."

Sie sah zu ihm hoch und stieß ein bitteres Lachen aus. „Das ist der Job, der dich so fertig macht? Und lass mich raten, dein Schwiegervater ist Helmut Hamann, der knallharte Generalstaatsanwalt und bundesweit bekannt? Von dem habe selbst ich schon gehört." Sie machte eine Pause und schloss verzweifelt die Augen.

„Ich habe gedacht, du bist vielleicht Lehrer oder Buchautor und kannst kaum die Rechnungen bezahlen, darum machen deine Schwiegereltern dich fertig. Dabei hast du in einen wahren Clan eingeheiratet, du hast sogar den Nachnamen angenommen, und versuchst nur krampfhaft, es Schwiegerpapi Recht zu machen!"

„Jetzt halt mal die Luft an!" rief er wütend. „Ich habe Mist gebaut, ja, aber weißt du, dass ich eben beinah einen Herzinfarkt bekommen habe, als du plötzlich in der Tür standest?"

Er fuhr sich durch die Haare und sah sie an. „Ich habe genauso wenig geschlafen wie du und das Frühstück mit meiner Frau war eine Qual für mich. Ich bin kein Arschloch oder chronischer Fremdgeher, auch wenn du mir das nicht glaubst. Ich würde gerne in Ruhe mit dir über alles sprechen. Würdest du mir diesen Gefallen tun?"

Vor ihren Augen sah sie wieder das Lächeln seiner freundlichen, hübschen Vorzeige- Ehefrau aus gutem Hause. Welche Rolle spielte Nina also in diesem Theater? Ganz einfach, die des zehn Jahre jüngeren Flittchens.

„Lassen wir es gut sein." Nina ging zur Tür und trat auf den Flur. „Beruflich werde ich mich zusammenreißen, Herr Staatsanwalt. Aber privat sollte jeder sich auf sein Leben konzentrieren. Wir sind beide erwachsen und sollten es schaffen, ein professionelles Verhältnis beibehalten zu können."

„Du warst kein One-Night-Stand, Nina. Ich habe weiche Knie bekommen, als du vor dem Supermarkt zu mir hochgesehen hast. Und nein, ich habe so etwas noch nie erlebt und ich habe auch noch keiner wildfremden Person meine Probleme auf dem Silberteller präsentiert."

Stöhnend sah Nina ihn an. „Und was bringt das, Ben? Was soll ich mit diesen Informationen anfangen? Es ändert nichts daran, dass du ein verheirateter Mann und auch noch beruflich mit deiner angeheirateten Verwandtschaft verbunden bist. Das eben war absolut demütigend für mich! Plötzlich steht da diese fleischgewordene Perfektion einer Frau vor mir, zu der du normalerweise abends ins Bett steigst. Ich wollte dieses Gesicht nie sehen, wollte nicht wissen, wie sie aussieht und jetzt das!"

Sie holte tief Luft. „Was willst du also mit mir? Ich bin das Chaos und dort hast du das stabile Paradies. Die Frau verwendet sogar Worte, die ich nicht mal in den Mund nehmen würde! Wer zur Hölle sagt ‚Dinner' statt Abendessen?!"

Ben wollte etwas erwidern, doch als Nina den Flur entlangblickte und sah, wie sich am Ende des Ganges die Tür der Damentoilette öffnete, drehte sie sich um und murmelte: „Schönen Tag noch, Herr Hamann."

Schweigend ging sie anschließend die Treppe herunter und hielt der Kommissarin unten die Tür auf. Nachdem sie nach einer gefühlten Ewigkeit die Straße überqueren konnten und zum Wagen gelangt waren, öffnete Nina die Beifahrertür und ließ ihren Kopf gegen die Lehne sinken.

Jäger legte ihre Tasche auf den Rücksitz und öffnete anschließend die Fahrertür. Als sie hinterm Steuer Platz genommen hatte, sah sie einen Moment geradeaus und warf schließlich schallend lachend den Kopf in den Nacken.

„Verdammte Scheiße, sag mir nicht, du hast mit dem zuständigen Staatsanwalt gevögelt!"

Jäger lachte fast die komplette Zeit, bis sie die Anne-Stein- Schule im Westend erreicht hatten. Prustend schlug sie immer wieder gegen das Lenkrad. „Ich glaub' das einfach nicht! Eure Gesichter waren zum Schießen!"

„Ricarda, bitte!" flehte Nina irgendwann, „ich will gar nicht mehr daran denken." Sie strich sich eine Strähne aus dem Gesicht und versuchte genervt, diese wieder mit der Klammer in ihrem Haar zu befestigen. „Das war ein Riesenfehler und ich will es einfach nur vergessen! Ein verheirateter Mann trennt sich in der Regel nicht von seiner Frau und außerdem will ich nicht der Grund sein, weshalb jemand sitzengelassen wird."

Jäger schnallte sich kichernd ab. „Ist in Ordnung, Kleine. Aber das Vergessen wird schwer, so wie zwischen euch beiden die Funken geflogen sind." Sie sah Nina eindringlich an.

„Wenn du die Sache wirklich beenden möchtest, dann gehe ich das nächste Mal allein zu ihm. Solange, bis es nicht mehr peinlich ist für euch. Aber denk dran, beruflich werdet ihr auch in Zukunft Kontakt haben. Handel dir keinen Ärger ein, du weißt ja vermutlich, wer der Vater seiner Frau ist."

Zwinkernd stieg sie aus und deutete auf das weiß gestrichene, dreistöckige Schulgebäude. „Na komm, wir schauen mal, ob sich hier ein perverser Schüler herumtreibt."

In den kommenden zwei Stunden führten Nina und Jäger zahlreiche Gespräche mit den Klassenkameraden von Luisa Beil. Von ihrer Klassenlehrerin hatten sie zehn Namen genannt bekommen, von

Schülern, mit denen Luisa den engsten Kontakt pflegte. Auch Jugendliche, die den beiden Polizistinnen auf dem Gang begegneten, wurden von ihnen nach dem blonden Mädchen gefragt.

Das Resultat nach diesen Unterhaltungen war eindeutig: Luisa war bei den Jungs beliebt und wurde von vielen ihrer Freundinnen verehrt.

Eine Schönheit, die noch dazu sehr gute Noten hatte und in mehreren AGs aktiv war. Sie hatte klare Ziele und wollte später unbedingt auf eine Schauspielschule, auch angetrieben von ihren ehrgeizigen Eltern. Die männlichen Schüler standen auf sie und die Mädchen wollten sein wie sie. Auf die Frage nach Luisas Charakter erwähnten erstaunlich viele Schüler, dass Luisa zwar allseits angehimmelt wurde, dass ihr diese Aufmerksamkeit jedoch bereits vor Jahren zu Kopf gestiegen sei und ihre Arroganz manchmal grenzwertig war.

Wenn ihr etwas nicht passte, konnte sie schnell gehässig und gemein werden. Einmal hätte sie einem Mädchen, welches das gleiche Aufsatzthema wie sie nehmen wollte, im Kunstraum einen Behälter mit lila Ölfarbe über den Kopf gegossen, während zwei ihrer Anhängerinnen die Schülerin festgehalten hatten. Und dies war nur ein Beispiel von Luisa Beils Vorgehensweise in solchen Fällen.

Bei einer Sache waren sich jedoch alle befragten Jugendlichen, sowie Luisas Klassenlehrerin, einig: Was ihr passiert war, war schrecklich. Jeder Schüler wirkte glaubwürdig und ehrlich betroffen, Luisa tat ihnen leid und keiner hatte eine Idee, was für ein Mensch zu so etwas fähig sein konnte.

„Wirklich schlauer sind wir nicht geworden," sagte Nina, als sie sich am Bahnhof West von Jäger verabschiedete, um die Bahn nach Hause zu nehmen.

„Naja", antwortete die erfahrene Kommissarin nachdenklich, „wir haben gehört, dass sie kein solcher Engel war, wie zunächst gedacht."

„Und was sagt uns das?" fragte Nina an der offenen Autotür.

„Nichts treibt mehr zu furchtbaren Taten als Demütigung." Jäger blickte nachdenklich zu den Straßenlaternen, die den Bahnhof im leichten Nieselregen erleuchteten. „Wenn Luisa jemandem heftig genug auf die Füße getreten ist und vielleicht sogar jemanden bewusst fertig gemacht hat, dann gibt es da draußen leider einige kranke Seelen, die das mit dem Abschneiden von Titten als Bestrafung ahnden würden."

Nichts treibt mehr zu furchtbaren Taten als Demütigung.

Als Nina auf dem Nachhauseweg in der S5 saß, musste sie an den Satz von Jäger denken. Die Erkenntnisse der letzten Stunden ließen sie das, was sie über Ben erfahren hatte, zumindest für kurze Zeit verdrängen.

Gedankenverloren sah sie die grauen Wände des U-Bahntunnels an sich vorbeigleiten, nachdem der Zug die Hauptwache durchquert hatte. Sie hatte Recht, denn zwangsläufig möchte ein Mensch aufstehen, nachdem er geschubst wurde. Er wollte dem Täter die Fresse polieren. Wenn jemand Gewalt auf die Seele ausübt, sieht es nicht anders aus: Alle Gefühle im Körper schreien nach Rache, je schlimmer jemandem weh getan wird, desto animalischer werden die Gedanken und umso mehr möchte man wieder die Oberhand gewinnen. Daher sind Täterprofile und auch die kleinsten Details im Leben der Opfer so wichtig.

Ihre Gedanken schweiften zurück zu Kommissar Schneid und seiner unglaublich faulen, nahezu destruktiven Arbeitsweise. Wie sollte man das nachvollziehen können, was vor einer Straftat geschehen ist und eine gute Verhandlung erreichen, wenn man sich absolut nicht für die Hintergründe interessierte?

Alles hatte eine Vorgeschichte, wirklich alles, und es gab immer wichtige Fakten zu beiden Seiten einer Medaille, da war Nina sich hundertprozentig sicher.

Sie wäre nicht die Nina, die auch mal einstecken konnte, die Praktikantin, die sich bereits mit positiven Bewertungen in zwei verschiedenen Polizeirevieren durchgesetzt hatte und die Kämpferin, die sich gerne den größten und breitesten Gegner aussuchte, wenn sie eine andere Vergangenheit gehabt hätte. Sie hatte Demütigung am eigenen Leib erfahren und sie wusste, wozu der anschließende Trotz und Kampfeswille einen befähigen konnte.

Böse Erinnerungen.

Lukas war sein Name gewesen. Ein schmaler, aber gutaussehender Junge, zwei Stufen über ihr. Die Art von Junge im letzten Schuljahr, der von den jüngeren Mädchen angehimmelt wurde. Er hatte ein Auto und eine eigene Wohnung, er war beliebt und jobbte neben der Schule als Barkeeper. All das waren Gründe, weshalb jede ihrer Freundinnen ‚*Lukas Mädchen*' sein wollte.

Kurz nachdem ein sehr sexistisches Voting unter ihren gleichaltrigen, männlichen Mitschülern ihr zu unfreiwilligem Ruhm verholfen hatte, stand er plötzlich in der Pause vor ihr und fragte, ob sie mal zusammen etwas trinken gehen würden. Die Tatsache, dass sämtliche Jungs sie als ‚*die Tussi mit der schärfsten Figur der 10. Klasse*' auserkoren hatten, schien Lukas Interesse geweckt zu haben.

Nina stieg am Lokalbahnhof aus und ging gedankenverloren die etwa 800 Meter zu ihrer Wohnung entlang. Er war ihr erster fester Freund gewesen – und ein riesiges Arschloch, wie sich im Nachhinein herausgestellt hatte.

Ein Jahr lang war sie mit ihm zusammen gewesen, ein Jahr, das wirklich schön begonnen hatte. Sie hätte sich nicht als eifersüchtigen Teenager beschrieben, doch als ihr kurz nach ihrem ersten Jahrestag von mehreren Zeugen mitgeteilt wurde, dass er es auf der Geburtstagsparty seines besten Freundes mit einer anderen getrieben hatte, traf diese Information sie wie ein Schlag.

Sie hatte mittags vor seiner Wohnung auf ihn gewartet. Als er kam, war sie wie eine Furie vor ihm durch die Tür geeilt und hatte ihm alle gemeinen Worte entgegen geschleudert, die ihr nur einfielen.

Sie hatte ihn angebrüllt, wer er denn glaube zu sein, wie kaputt sein Elternhaus doch war und dass der eine Junge, mit dem sie vor Lukas zusammen gewesen war, es ihr um Welten besser besorgt hätte, als er.

Sie hatte seine aufkommende Wut gesehen, je mehr sie ihn beleidigt hatte. Sie hatte gewusst, dass es eskalieren würde. Doch sie wollte ihm wehtun, so, wie er ihr wehgetan hatte.

Nina schloss die Tür ihrer Wohnung auf und ging geradewegs durch den Flur und das Wohnzimmer hindurch auf den Balkon. Sie brauchte unbedingt eine Zigarette, da die Bilder erneut in ihrem Kopf auftauchten. Als sie Lukas 19-jähriges Gesicht vor ihren Augen sah, wusste sie, dass ihr Gehirn nun auch die weiteren Geschehnisse von damals hervorholen würde.

„Halt dein Maul!" schrie er, „halt endlich dein verdammtes Maul!" Nina stand wutentbrannt in seiner Wohnung und war so perplex, dass er sie in ihrem Gebrüll unterbrochen hatte, dass sie innehielt und ihn geschockt ansah, als er außer sich auf sie zustürmte und nur ein paar Zentimeter vor ihr entfernt stehen blieb. Sie war so überrumpelt, dass sie kaum mitbekam, wie seine Hand nach vorne schnellte und er ihr mit geballter Faust gegen die linke Schläfe boxte. Mit voller Wucht getroffen, stolperte sie und knallte mit dem Kopf gegen die Ecke des Küchenschranks.

Sie musste hingefallen sein, denn während vor ihren Augen dunkle Schatten in allen Formen tanzten, packte Lukas sie am Kragen und schrie sie weiter an. Was genau er ihr entgegenbrüllte, verstand sie nicht, sie bekam nicht einmal mit, wie er hektisch an dem Reißverschluss seiner Jeans herumfummelte. Erst nach einer erneuten Ohrfeige und einem harten Griff an ihren Kiefer, realisierte sie, was er dabei war, zu tun. Offenbar hatte ihn seine rasende Wut erregt, denn so hart und fest, wie er ihr sein bestes Stück gewaltsam in den Mund drückte, war es selten gewesen.

Verzweifelt versuchte sie, ihn von sich wegzudrücken, doch sie war zwischen ihm und der dunkelblauen Küchenfront wie eingeklemmt.

„Ich hab' dir gesagt, du sollst aufhören," zischte er, während er sich noch weiter in ihren Mund drückte. „Ich hab' dir gesagt, du sollst leise sein!"

Nina konnte nicht sprechen, sie konnte nicht einmal atmen und die Wucht seiner Stöße wurde immer heftiger, während er sie gleichzeitig an den Haaren mit eisernem Griff festhielt.

Bis heute fragte sie sich, weshalb sie nicht einfach zugebissen hatte. Wozu hatte sie Zähne im Mund, verdammt nochmal? Sie hätte ihn mit einem einzigen Biss aufhalten und gleichzeitig kastrieren können und es wäre sogar Notwehr gewesen.

Lange Zeit hatte sie sich Vorwürfe gemacht, bis sie verstanden hatte, dass sie sowohl durch den Schlag und ihren anschließenden Sturz nicht rational hatte denken können und dass das, was ihr Freund mit ihr angestellt hatte, sie schlicht und einfach in einen Schockzustand versetzt hatte.

Menschen, die sich in einer extremen, psychisch belastenden Situation befinden, haben in diesem Moment oft keine Bewältigungsstrategie. Es ist, als stünde man neben sich und hätte verlernt, in irgendeiner Art und Weise zu reagieren.

In diesem Moment war das einzige, woran Nina dachte, Luft. Sie brauchte Luft und versuchte wie verrückt, irgendwie Sauerstoff in ihre Lungen zu bekommen, während Lukas linke Hand ihren Hals zudrückte und ein wahnsinniger Würgereiz versuchte, seinen Schwanz aus eben diesem zu verdrängen.

Während er sie weiter vulgär beleidigte, wurde sein Stöhnen zwischen den Worten immer lauter, bis er nach einer gefühlten Ewigkeit endlich fertig war.

Er zog sie noch einmal ein Stück näher an sich heran und trat dann einen Schritt zurück, woraufhin ein wahrer Schwall an Erbrochenem, Sperma und Spucke aus Ninas Mund schoss und sich vor ihr auf dem Boden verteilte.

Sie bekam nichts mit. Nicht, dass er offensichtlich aus der Küche gegangen war. Nicht, dass ihre Schläfe pochte wie verrückt und dass bereits eine große Beule daran zu erkennen war. Nicht, dass Lukas offenbar zurückgekommen war und von oben auf sie herabsah. Alles, was ihr Körper tat, war keuchend zu atmen und alles herauszuspucken, was sich in ihrem Hals und Mund gesammelt hatte. Er musste sie wohl hochgezogen haben, denn als nächstes nahm sie wage wahr, dass er ihren Kopf streichelte und sie mit tränennassem Gesicht behutsam auf den grauen, weichen Fransenteppich legte, der auf den weißen Küchenfliesen lag.

„Es tut mir so leid," schluchzte er, während er über sie gebeugt war und sie wie ein nasser Sack halb über seinem Bein lag. „Nina, es tut mir so leid!" Er ließ sie nach hinten sinken und hielt sie im Arm, seine nasse Backe auf ihre Stirn gedrückt.

„Ich mache es wieder gut," murmelte Lukas irgendwann und begann, sie hektisch am Hals zu küssen. Sein Mund traf ihren, doch sie reagierte nicht. Seine Hand schob sich unter ihr T-Shirt, doch sie reagierte nicht. Auch als er sich langsam auf sie legte, offenbar bemüht, ihr nicht wehzutun, regte sie sich nicht. Erst als er ihre Hose herunterzog, zuckte sie zusammen.

„Nein..." begann sie, doch er legte ihr den Finger auf die Lippen und flüsterte: „Doch, ich mache den Scheiß wieder gut! Genieß es, bitte, es ist alles okay!"

Dieses Mal dauerte es um einiges länger, immer wieder küsste er sie und streichelte ihr übers Gesicht, während er offenbar dachte, er würde mit langsamem Sex und Liebesbekundungen alles wieder gut machen.

Es war dunkel geworden und Nina nahm inzwischen nur noch die Umrisse der Küche war, während der Mond durch das gekippte Fenster schien. Nachdem Lukas ein zweites Mal gekommen war und stöhnend auf ihr lag, fuhr er damit fort, sie zu küssen und wiederholte zum Hundertsten Mal, wie sehr er sie liebte.

Irgendwann schien er zu begreifen, dass sie ihm keine Antwort geben würde und richtete sich auf. Mit hängenden Schultern stand er über ihr und murmelte schließlich: „Ich gehe jetzt erstmal. Bitte lass uns nachher miteinander reden!"

Als keine Reaktion folgte, ging er langsam aus der Küche und ein paar Minuten später hörte Nina, wie die Wohnungstür ins Schloss fiel.

Sie konnte bis heute nicht sagen, wie lange sie auf dem flauschigen Teppich, direkt neben dem Erbrochenen, auf dem Boden gelegen hatte. Irgendwann war sie zitternd aufgestanden und ins Bad gegangen. Als sie sich am Waschbecken festhielt und ihr rotes, verdrecktes Gesicht mitsamt der riesigen Beule auf der Stirn erblickte, brach es aus ihr heraus. Sie weinte, wie sie lange nicht mehr geweint hatte und um den Druck in ihrer Brust loszuwerden, presste sie sich Lukas Rasierer, mit der frischen Klinge daran, einige Mal so fest sie konnte in ihren rechten Unterarm. Das Blut, das an ihrem Handgelenk herunterlief, war ihr egal, sie betrachtete es eine Weile und wankte dann zurück in die Küche.

Sie hatte sich bereits früher geritzt, wie es einige in ihrer Klasse getan hatten, irgendwie wollte man ja mitreden können und zeigen, dass man ebenfalls ein aufregendes und gleichzeitig „ätzendes" Leben führte. Dass man Stress in der Schule und mit seinen Eltern hatte, oder dass man diese aufgrund ihrer ständigen Abwesenheit eigentlich nur schmerzlich vermisste. Doch so tief wie dieses Mal war es nie gewesen. Während ihr 16-Jähriges Ich versuchte, nicht auf die Stelle zu schauen, an der ihr Freund sie offenbar zweimal missbraucht hatte, griff sie an die Tür des Oberschranks und holte die halbvolle Flasche Wodka heraus, die seit der letzten Silvesterparty dort stand. So schnell hatte sie noch nie getrunken, die Gedanken in ihrem Kopf rasten und immer wieder musste sie anfangen zu weinen.

Nina wusste nicht, wie viel Zeit vergangen war und wie lange sie dort gestanden hatte, doch als sich der Schlüssel in der Wohnungstür drehte, war sie schlagartig wie unter Strom gewesen.

Sie hatte sich ein Küchenmesser aus dem Block geschnappt und war auf ihn losgegangen. Zu seinem Glück war der Flur seiner Wohnung breit genug, Lukas war nach hinten gehüpft und sie hatte mit ihrem Hieb lediglich den Ärmel seiner Daunenjacke zerfetzt. Sie hatte ihm entgegengebrüllt, dass er sich ihr nie wieder zu nähern solle, sonst würde sie ihn beim nächsten Mal abstechen.

Weiß wie die Wand hinter ihm hatte Lukas in der Ecke gekauert und geweint. Es war das letzte Mal, dass Nina ein Wort mit ihm gewechselt hatte. Mit einem Handtuch um den blutenden Arm hatte sie die Wohnung verlassen, ein paar Tage die Schule geschwänzt und war schließlich, auf Anraten Julis, zu den Karatestunden gegangen, die ein ehemaliger Polizist im Sportzentrum anbot.

So hatte sie Jens kennengelernt, den Mann, der ihr wie eine Vaterfigur beigestanden hatte. Ein Vater, der nicht in Südspanien wohnte. Er hatte ihr erklärt, was ihre Möglichkeiten waren, doch Nina hatte sich dagegen entschieden. Sie war nicht zur Polizei gegangen, sie wollte alles einfach vergessen. Lukas war ein Schwein, doch sie wollte nicht die sein, die oral von ihrem Freund vergewaltigt worden war. Trotz dem Entschluss, Lukas nicht anzuzeigen, war in dieser Zeit ihr Wunsch entstanden, Menschen, die anderen wehgetan hatten, zu bestrafen. Diese Leute gehörten zur Rechenschaft gezogen und dabei wollte sie helfen.

Jens war ihr Vorbild, seine Einstellung und die Gespräche mit ihm waren Balsam für die Seele und Nina lernte, dass jeder ein Opfer werden konnte. Wie man sich aus dieser Rolle befreite und wie man damit umging, das hatte jeder Mensch selbst in der Hand.

Als sie nach Hause kam, schob sie eine Pizza in den Ofen, schaltete den Fernseher ein und versuchte schlicht und einfach, an gar nichts mehr zu denken. Morgen würden sie erneut versuchen, ein paar Informationen aus dieser Luisa herauszubekommen. Die Spurensicherung im Grüneburgpark hatte bisher keine verwertbaren Spuren gefunden, weder an Luisa und ihren Verletzungen, noch an ihrer Sporttasche. Mit den Spaziergängern, die Luisa gefunden hatten, hatte Jäger bereits am Montag gesprochen, sie hatten niemanden bemerkt und auch niemand anderen in Tatortnähe wahrgenommen.

Nina musste an das Mädchen denken, an ihre Hilflosigkeit und ihre Schmerzen, aber auch an das kranke Schwein, das ihr so etwas angetan hatte. Ob dem Mistkerl dabei einer abgegangen war? Bei dem Wort ‚Mistkerl' sah sie plötzlich Ben vor sich und stöhnte.

Du hast dich genauso darauf eingelassen, die Schuld liegt bei euch beiden und da gibt es nichts schönzureden, ermahnte sie sich selbst. Nina schob den leeren Teller auf den Tisch und ließ sich auf das weiche Polster ihrer Couch sinken. Irgendwann machte sich bemerkbar, dass sie in der vergangenen Nacht keine Minute geschlafen hatte und sie sank in einen tiefen, erholsamen Schlaf.

Auge um Auge.

Wo verdammt noch mal war sie? Und wieso war sie so schrecklich müde? So sehr sie sich auch bemühte, sie bekam ihre Augen einfach nicht auf. Es war, als würden ihre Lider mit Bleigewichten nach unten gezogen werden. Ihr Mund war völlig ausgetrocknet und sie hatte einen wahnsinnigen Durst. Ihre Stirn tat weh und an einer bestimmten Stelle an ihrem Kopf fühlte es sich an, als würde das Blut darunter kontinuierlich pulsieren.

Kati hatte keine Ahnung, wie spät es war und wie sie überhaupt ins Bett gekommen war. Und wo war ihr Kissen? Sie hasste es, so niedrig zu liegen. Als sie versuchte, mit ihrer Hand danach zu suchen, gehorchte diese ihr nicht und fühlte sich an, wie taub. Auch ihre Füße schienen nicht mehr zu ihrem Körper zu gehören. Was war hier nur los? Verdammt nochmal, sie fühlte sich wie unter Narkose!

Als eine Hand sie an der Wange berührte, gefror ihr das Blut in den Adern. Sie war wie erstarrt und versuchte, sowohl ihre Augen aufzureißen, als auch einen Schrei auszustoßen, doch nichts davon gelang.

„Ganz ruhig," sagte eine Stimme neben ihrem Ohr, die sie nicht zuordnen konnte. Sie klang dumpf, so als trüge jemand einen Mundschutz oder eine Maske. Was war hier los?!

Sie hatte Angst, doch es war, als würde ihre Furcht es nicht schaffen, sich im Rest ihres Körpers auszubreiten. Sie war wie benebelt und immer wieder liefen ihr leichte Schauer über den Rücken. Als ihr einfiel, was vor drei Tagen im Grüneburgpark geschehen war, begann ihr Herz spürbar in ihrer Brust zu knallen. Es fühlte sich schrecklich an.

Für richtige Panik schien Kati aber einfach zu müde, alle Gedanken in ihrem Kopf waren wie in Watte verpackt. War sie von diesem Psychopathen entführt worden? Nein, nein, das durfte nicht sein.

Du musst versuchen, dich zu bewegen, riet ihre innere Stimme, doch Katis Körper gehorchte ihr nicht. Während es ihr gelang, den Mund ein kleines Stück zu öffnen, fiel ihr wieder ein, dass es geklingelt hatte. Ihre Eltern waren noch nicht zu Hause gewesen und sie hatte sich gewundert, wer das um 22 Uhr noch sein könnte. Sie sah die weiße Haustür vor sich, wie sie nach der Klinke gegriffen und diese heruntergedrückt hatte. Danach war alles schwarz. So sehr sie sich auch bemühte, sie wusste nicht mehr, wer dort vor ihrer Nase gestanden hatte.

In diesem Moment griff ihr jemand ins Gesicht und zog ihr bleischweres rechtes Augenlied nach oben. Im ersten Moment war Kati geblendet von einer Art Nachttischlampe, die ihr ins Gesicht schien, doch dann sah sie den Umriss eines Kopfes direkt über sich. Kati versuchte zu schreien, als sie eine schwarze Maske vor ihrem Auge erkannte, doch es war lediglich ein Jaulen, das aus ihrem Mund kam. Verzweifelt versuchte sie, ihre Lunge mit Luft zu füllen und laut zu brüllen, doch ihr fehlte schlicht und einfach die Kraft.

„Es funktioniert nicht, oder?" fragte der vermummte Mann über ihr, dessen Ski-Maske lediglich seine Augen frei ließ. Nicht einmal diese konnte Kati genau erkennen, sie fühlte sich wie unter Drogen stehend und wusste, dass es höchstwahrscheinlich auch genauso war.

„Du hörst dich erbärmlich an. Nicht einmal schreien kannst du, mein kleines, hilfloses Mädchen. Komm, versuch es doch noch einmal.

Hast du Angst?"

Etwas Metallisches trat in ihr Blickfeld und sie versuchte erneut zu kreischen, als er ihr einen kalten Gegenstand ins Auge drückte. Was zur Hölle war das?!

„Ich muss mich konzentrieren," murmelte der Mann und tätschelte ihre Wange. „Ausgeliefert sein macht dir wohl Angst? Halt still, umso schneller habe ich es geschafft."

Kati realisierte, dass es eine Art Klemme war, die ihr Auge nun daran hinderte, zuzufallen. Während ihr linkes Auge nach wie vor geschlossen war und sie keine Möglichkeit fand, sich bewegen zu können, war ihr rechtes Auge fixiert und starrte mitten hinein in die helle Lampe. Etwas anderes konnte sie nicht sehen, ihr gesamtes Blickfeld war ausgefüllt vom hellen Schein des Lichts und dem Mann, der neben ihrem Kopf herumhantierte. „Bevor wir anfangen, möchte ich dir sagen, warum ich das mache."

Was machen? Was hast du mit mir vor, du kranker Bastard?! Hätte sie ihm am liebsten entgegengebrüllt, doch ihre Zunge lag wie ein trockener Schwamm in ihrem Mund und ihr Atem gelangte nur langsam in die Lunge.

„Du hast zugesehen," fuhr der Mann fort. „die Schwachen sehen zu. Die Starken reagieren." Als er ein Skalpell vor ihr fixiertes Auge hielt, realisierte sie keuchend, was er vorhatte. Sie merkte, wie sie sich in die Hose machte, doch sie konnte nicht anders.

Den Schnitt in den unteren Rand ihres Augapfels spürte sie, sie spürte jeden einzelnen Millimeter, der von ihm durchtrennt wurde. Kati wimmerte und jaulte, jeder Ton aus ihrem Mund klang wie der eines verwundeten Tieres. Hilf- und nutzlos stieß ihr Mund verzweifelte Laute aus und schließlich konnte sie an nichts mehr denken. Ihr Herz schien förmlich aus ihrem Brustkorb springen zu wollen und sie bekam immer weniger Luft. Während sie hoffte, vor Schmerzen das Bewusstsein zu verlieren und doch tatenlos zusehen musste, wie er ihr Auge entfernen wollte, tupfte er ihr immer wieder das Blut aus dem Sichtfeld.

„Hey, bleib' bei mir!" rief er plötzlich, als sie ihn durch das Blut wie durch einen Schleier zu sehen begann und spürte, dass die erlösende Bewusstlosigkeit nun ganz nah war. „Bleib hier, du Schlampe, wir sind noch nicht fertig!"

Ich sterbe, dachte das Mädchen und fühlte bei dieser Erkenntnis eine seltsame und doch friedliche Ruhe in sich aufsteigen. Das letzte, was Kati wahrnahm, waren seine weit aufgerissenen und wütenden Augen über ihr, während ihr Geist Zuflucht in unendlicher Dunkelheit fand.

Spieglein, Spieglein, an der Wand.

Nina fröstelte und zog den Reißverschluss ihrer Jacke bis zum Hals zu. Es war Donnerstagmorgen, und sie wartete schon seit einigen Minuten vor dem Eingang der Uniklinik auf Jäger. Suchend blickte sie sich nach einem Mülleimer für ihren leeren Kaffeebecher um und zündete sich noch eine Zigarette an.

Gestern war kein erfolgreicher Tag gewesen. Sie hatte das Präsidium um 7:40 Uhr betreten und schon auf dem Flur war Jäger ihr mit genervter Mine entgegengekommen.

„Planänderung, wir können nicht mit Luisa sprechen. Sie muss in der Nacht eine solche Panikattacke bekommen haben, dass die Ärzte sie mit Beruhigungsmitteln vollgepumpt haben und wir erst morgen mit ihr sprechen können."

„Aber sie ist die Einzige, die uns vielleicht mehr sagen kann," Nina rollte mit den Augen. „Was steht dann heute auf dem Programm? Wie sollen wir weitermachen?"

Jäger verzog den Mund und sagte dann entschieden: „Ich will jetzt schnell ein Paar Pancakes in der Cafeteria essen, auf die freue ich mich schon seit 6 Uhr heute früh. Danach fahren wir mal zum Grüneburgpark und schauen uns dort um. Wirklich viel wird das nicht bringen, die Spurensicherung hat ja bereits alles im Umkreis auf den Kopf gestellt und absolut nichts gefunden, aber ich zeige dir trotzdem, wo Luisa gefunden worden ist."

Nachdem Nina fasziniert zugesehen hatte, wie Jäger einen Pancake nach dem anderen in sich hineingestopft hatte, waren sie aufgestanden und zu dem Park im Herzen Frankfurts gefahren. Dort hatten sie im Parkhaus Palmengarten geparkt, vor dem Jäger kurz danach hinüber zu der anderen Straßenseite auf die riesige Grünfläche mit ihren knapp dreißig Hektar gedeutet hatte.

„Dort hinten befindet sich ein Spielplatz. Da hat der Mistkerl sie auf einer Bank abgelegt."

Die Spielfläche war umgeben von großen Bäumen und bot ausreichend Schutz vor Blicken, gleichzeitig lag sie direkt an der Straße. Da der Täter das Mädchen kaum wie einen Sack über der Schulter kilometerweit dorthin getragen hatte, musste er dort geparkt und sie aus dem Auto gehoben haben. Von hier waren es keine fünfzig Meter bis zum Spielplatz. Nina hatte bei dem Gedanken geschaudert, dass vielleicht ein paar Kinder am frühen Montagmorgen auf dem Weg zur Schule zum Schaukeln hierhergekommen wären und das verstümmelte Mädchen gefunden hätten. Wenn man es so betrachtete, war es ein Glücksfall, dass zwei ältere Frauen mit ihren Hunden Luisa bereits am späten Sonntagabend entdeckt hatten.

„Sie lag wie auf dem Präsentierteller hier drauf." Jäger hatte auf eine eiserne Parkbank gedeutet, die ihre besten Zeiten bereits hinter sich hatte. „Die beiden Frauen haben sie erst für eine Obdachlose gehalten und wollten nachsehen, ob es ihr gut geht. Erst dann haben sie den weißen Verband und ihre blutige Jeans gesehen."

Nina hatte sich umgeblickt und dann in Richtung der Straße gedeutet. „Gibt es dort keine Überwachungskameras?"

„Rein gar nichts. Ein Casinobetreiber, hundert Meter die Straße hinunter, hat eine, die aber nicht eingeschaltet war." Jäger hatte abgewunken. „Die Anwohner haben auch nichts bemerkt. Es macht keinen großen Sinn, hier weiter zu stehen, ich wollte nur, dass du den Fundort einmal gesehen hast. Es ist wie verhext, mitten in einer verfluchten Großstadt!"

Den restlichen Mittwoch hatte Nina im Büro gesessen und die Aussagen der Spaziergängerinnen abgetippt, außerdem den Bericht der Ärzte fotokopiert und alles schriftlich festgehalten, was sie bereits über den Fall Luisa Beil wussten. Abends im Bett hatte sie lange gebraucht, um einschlafen zu können. Sie mussten unbedingt mit dem Mädchen sprechen. Wenn jemand etwas zur Lösung des Ganzen beitragen könne, dann das Opfer.

Nun war es soweit und sie hatten die Erlaubnis, mit Luisa zu sprechen. Nina drückte ihre Zigarette aus, als sie Jäger auf sich zukommen sah, mal wieder mit etwas zu essen in der Hand.

Die Kommissarin biss in ihren Donut und rückte mit der anderen Hand ihren braunen Zopf zurecht. „Guten Morgen. Entschuldigung, furchtbarer Verkehr. Ich hätte auch die Öffentlichen nehmen sollen."

„Bloß nicht, ich bin froh, nachher mit dir zurückzufahren," lachte Nina und drückte auf den Fahrstuhlknopf.

Oben angekommen, gingen sie den weißen Flur entlang bis zum Zimmer von Luisa Beil. Jäger klopfte und kurz darauf ertönte von drinnen ein leises „Herein".

Luisa sah nach wie vor schlimm aus, doch Nina glaubte, einen Hauch mehr Farbe in ihrem Gesicht erkennen zu können. Sie trug ein sauberes Hemd über dem Verband und hatte ihr Smartphone in der Hand. Langsam trat Nina hinter Jäger ins Zimmer und beide grüßten das Mädchen.

„Wir haben uns ja vor zwei Tagen bereits vorgestellt. Ich bin Ricarda, das ist Nina." Sie setzten sich auf die beiden Besucherstühle, dann fragte die Kommissarin: „Wie fühlst du dich?"

Luisa hob die Schultern und zuckte dann mit schmerzverzerrtem Gesicht zusammen. „Es geht, ich bekomme sehr viele Medikamente." Sie wies auf die Kanüle, die in ihrer Armbeuge steckte.

„Das ist gut so, du bekommst hier alle Hilfe, die du benötigst und musst wirklich keine Schmerzen ertragen. "

„Nicht mehr," antwortete Luisa sarkastisch und starrte auf die Bettdecke. „Ich weiß, dass Sie von mir einen Namen hören möchten, oder ob mir das Arschloch irgendwie bekannt vorkam. Aber ich habe nicht gelogen, als meine Eltern hier waren. Ich habe seine Augen durch die Maske gesehen, aber ich wurde von einer hellen Lampe geblendet. Das hätte jeder sein können." Luisa sah beide Frauen an. „Und danach konnte ich wegen den Schmerzen an nichts anderes mehr denken."

Jäger nickte und begann, sich Notizen zu machen. „Was war das für eine Maske?"

„Eine typische Maske, wie Einbrecher sie tragen würden. Und sie war schwarz." Das Mädchen hustete und verzog erneut das Gesicht, ehe sie sich an den Kopf fasste. „Ich habe auch nichts gesehen, als er mich von hinten erwischt hat. Ich war nur ein paar Meter von zu Hause entfernt, da habe ich Schritte hinter mir gehört und dann wurde alles dunkel."

„Ist dir jemand aufgefallen, der dir gefolgt sein könnte? Vielleicht jemand aus dem Fitnessstudio?"

Luisa schüttelte den Kopf. „Nein, da sind auch nur tolle Jungs, keine Psychopathen."

Vorsichtig warf Jäger ein: „Nun, leider kann man niemandem in den Kopf schauen. Wir müssen in alle Richtungen ermitteln." Sie sah Luisa forschend an.

Nina beugte sich ein Stück nach vorne und fragte: „Hast du irgendeine Idee, wo du gewesen bist? Wo dir so wehgetan wurde? An was kannst du dich erinnern?"

„Es war ein kleiner Raum, kein richtiges Zimmer," Luisa sah auf ihr Handy. „Es war wie eine Hütte, ich denke, dass die Wände aus Holz waren. Ich lag dort, mit einer hellen Lampe neben mir, die auf mich schien. Ich war nicht gefesselt, aber konnte mich trotzdem einfach nicht wehren." Sie sah an sich herunter. „Er konnte mit mir machen, was er wollte."

„Das waren die Drogen, die er dir verabreicht hat. Kannst du dich erinnern, ob du etwas zu trinken bekommen hast?"

„Nein." Traurig sah sie Nina an. „Jedenfalls habe ich sonst nichts wahrgenommen. Es war ein maskierter Mann, in einem kargen Raum. Allerdings hat er eine sehr merkwürdige Sache gesagt."

Beide Polizistinnen horchten auf. „Was hat er gesagt?"

„Der Königin werden nun ihre Waffen genommen."

Perplex sah Nina sie an. „Was soll das bedeuten?"

„Ich habe keine Ahnung," sagte das hübsche, traurige Mädchen. „Aber die Stimme klang sehr dumpf, ich konnte sie niemandem zuordnen. Ich versuche es ja, ich versuche wirklich, mich zu erinnern. Ich will, dass Sie dieses Schwein kriegen. Aber immer, wenn ich daran zurückdenke, bekomme ich Panik und kann nicht mehr richtig atmen."

„Das ist absolut verständlich, du bist durch die Hölle gegangen, Luisa. Wenn dir irgendetwas einfällt, egal was, dann melde dich bei uns. Wir sind für dich da," Jäger tätschelte ihr vorsichtig den Arm, ehe die beiden aufstanden.

„Wissen Sie, was das Schlimmste ist?" fragte Luisa leise und beide sahen sie abwartend an.

„Ich war immer das beliebteste Mädchen, egal wo ich hingegangen bin. Und jetzt," sie zeigte verzweifelt an sich herunter, „jetzt bin ich nicht einmal mehr ein Mädchen!"

Ihre Augen füllten sich mit Tränen und Nina trat noch einmal an ihr Bett. „Luisa, du bist ein Mädchen – und zwar ein starkes. Du wirst alle Hilfe bekommen, die du verdienst und du bist es nach wie vor Wert, geliebt zu werden."

„Sagen Sie das meinen Eltern und den meisten meiner Freunde," lachte Luisa verbittert auf. „Für sie bin ich kaputt."

Mit der Hand wischte sie ihre Tränen ab und drehte sich weg. Jäger und Nina sahen sich vielsagend an und verließen anschließend leise das Krankenzimmer.

Auf dem Flur kam ihnen Luisas Vater entgegen, dem die Begegnung sichtbar unangenehm schien. Er nickte ihnen zu und wollte wohl erst wortlos weitergehen, entschied sich aber doch um, als er auf derselben Höhe war, wie die Polizistinnen.

„Ich wollte mich nur noch einmal für die heftige Reaktion meiner Frau entschuldigen," sagte er und hob die Hände, in denen er sein Smartphone und die Autoschlüssel hielt. „Für sie ist das auch eine schreckliche Situation."

„Das verstehen wir, aber Sie beide müssen jetzt an Ihre Tochter denken. Wenn Sie ihr das Gefühl geben, nun anders zu sein als zuvor, schadet ihr das noch mehr."

„Sie haben Recht, doch Luisa ist einen gewissen Leistungsdruck von meiner Frau gewöhnt," sagte er beinah verlegen. „Wir als Familie werden das schon alles wieder hinbekommen!"

„Besuchen Sie ihre Tochter heute allein?" fragte Jäger.

„Oh, nein, ich lasse Luisa heute einmal ihre Ruhe," sagte er schnell. „Ich wollte nur schnell mit dem Stationsarzt über eine baldige Überweisung an Fachärzte und Spezialisten sprechen!"

Herr Bei verabschiedete sich rasch von ihnen, blickte sich suchend um und verschwand dann hinter der nächsten Ecke.

„Unglaublich," murmelte Jäger und Nina schüttelte einfach nur mit dem Kopf. „Nicht einmal nach seiner Tochter sehen kann der feine Geschäftsmann."

Als sie auf den Fahrstuhl warteten, vibrierte Ninas Handy. Sie sah auf den Bildschirm und runzelte die Stirn. Die Nummer war ihr nicht bekannt.

‚Ich weiß nicht, wann ich dich wiedersehe, daher schreibe ich dir. Können wir uns bitte treffen und reden? Ich denke an dich.'

Sie seufzte hörbar und lehnte sich an die verspiegelte Wand des Aufzugs, nachdem die Türen aufgeschwungen waren.

„Was ist los? Schlechte Neuigkeiten?" fragte Jäger und zog die Augenbrauen nach oben. Wortlos hielt Nina ihr das Handy hin und die Kommissarin las den Text vor ihren Augen. Dann sah sie zu ihr. „Muss ich fragen, oder ist das unser heißer Herr Hamann?"

Nina nickte und stecke ihr Handy wortlos wieder in die Tasche. „Woher zum Teufel hat er meine Nummer?!"

„Nina, er ist Staatsanwalt," lachte Jäger, „er bekommt, was auch immer er möchte." Sie räusperte sich und als sie im Erdgeschoss ausstiegen, klopfte sie ihr auf den Rücken.

„Du wirst schon die richtige Entscheidung treffen."

Nina deutete in Richtung der Toiletten und sagte: „Jetzt muss ich erstmal aufs Klo. Und ich denke nicht, dass ich auf dieses Flehen reagieren werde." Dann zwinkerte sie Jäger zu und betrat die Damentoilette neben dem Ausgang.

Als sie kurz darauf an den Waschbecken stand und sich die Hände abtrocknete, betrachtete sie sich nachdenklich im Spiegel.

War es richtig, Ben nicht zu antworten? Offenbar spukte sie ihm ganz schön im Kopf herum, wenn er sich sogar die Mühe gemacht hatte, an ihre Handynummer zu kommen. Sie könnte ja auch einfach fragen, was er wollte oder sich eben doch ein letztes Mal mit ihm treffen, obwohl sie ziemlich sicher wusste, was dann erneut geschehen würde. Und genau das galt es, zu vermeiden.

Plötzlich wurde Nina jäh aus ihren Tagträumen gerissen, als Jäger die Tür aufstieß und sagte: „Los, wasch dir die Hände und hör auf mit deinen schmutzigen Gedanken. Wir haben eine Tote!"

Du sollst nicht wegsehen.

„Was wissen wir?" fragte Nina, nachdem sie ins Auto gestiegen und mit zügigem Tempo losgefahren waren.

„Kaum etwas," antwortete Jäger und stierte auf die Fahrbahn. „Wir müssen zum Niddapark, dort wurde vor einer halben Stunde eine weibliche Leiche mit Plastiktüte über dem Kopf gefunden. Nähere Infos hat mir Patrick von der Spurensicherung noch nicht gegeben. Er sagte nur, es sähe schlimm aus."

„Ich glaube ja nicht an Zufälle," begann Nina und wurde dann von ihrer Kollegin unterbrochen.

„Ich auch nicht. Meiner Meinung nach hat dieser kranke Typ erneut zugeschlagen."

„Innerhalb von drei Tagen?" fragte Nina und runzelte die Stirn. „Dann hat er es ganz schön eilig gehabt."

Schweigend fuhren sie etwa fünfzehn Minuten, bis sie den Niddapark im nördlichen Frankfurt erreicht hatten. Die Grünflache war die Größte Frankfurts, hier floss die Nidda entlang und neben enormem Platz für Freizeitaktivitäten aller Art, gab es mehrere Spielplätze und Restaurants. Nachdem sie geparkt hatten, gingen sie am berühmten Wasserspielplatz vorbei, direkt auf ein kleines Waldstück zu. Hier waren bereits von weitem die Absperrbänder und hellen Schutzanzüge der Spurensicherung erkennbar. Ein weiß eingepackter Mann kam auf sie zu und zog seine Kapuze vom Kopf.

„Hallo Patrick," grüßte Jäger und stellte ihn Nina als Herrn Groß von der Spurensicherung vor. „Was haben wir hier?"

Der stark beharrte Mann schob seine randlose Brille nach oben und deutete ihnen an, ihm zu folgen. „Ein junges Mädchen, laut ihrem Ausweis heißt sie Kati Winter, er hat in ihrer Jeanstasche gesteckt. Sechzehn Jahre alt und offenbar ebenso dem Sadisten zum Opfer gefallen, wie das Mädchen aus dem Grüneburgpark, obwohl sie auf eine andere Art gequält wurde."

Während sie unter dem Absperrband durchschlüpften, fragte Nina: „Wurden ihr auch die Brüste abgeschnitten?"

„Nein." Groß schüttelte den Kopf. „Aber seht selbst."

Die Polizistinnen hatten den Fundort erreicht und sahen schockiert auf den schlammigen Boden vor sich. Das Mädchen hatte helle Haut und eine braune Ponyfrisur, sie lag auf dem Rücken, die Beine leicht angewinkelt und den Kopf gen Himmel gerichtet. Neben diesem befand sich eine weiße Plastiktüte, die man ihr bereits vom Kopf gezogen hatte. Ihr linkes Auge war geschlossen, ihr Rechtes dagegen – war nicht mehr vorhanden.

Angewidert sah Nina auf die dunkle, leere Augenhöhle und musste gegen einen leichten Würgereiz ankämpfen. An solche Anblicke konnte man sich doch nicht ernsthaft gewöhnen.

„So hat der Betreiber des Restaurants sie um 9:30 Uhr gefunden. Er hat ihr die Tüte vom Kopf gezogen, weil er dachte, er könne das Mädchen noch wiederbeleben." Groß zeigte nach links.

„Er steht dort drüben, hat sich erst einmal schön übergeben, ehe er uns gerufen hat." Ein älterer Herr mit dickem Bauch und weißen Haaren lehnte an einer Parkbank und starrte, völlig unter Schock stehend, ins Leere.

„Er hat nichts gesehen, aber von meinem ersten Eindruck her würde ich sagen, dass sie bereits seit der letzten Nacht hier liegt. Ziemlich klar ist, dass sie wohl seit etwa zehn Stunden tot ist."

Jäger deutete auf die Tüte. „Wurde sie erstickt?"

„Das lässt sich noch nicht mit Sicherheit sagen, dafür muss ich sie untersuchen. Ich denke, morgen Vormittag kann ich euch mehr sagen."

Nina nickte und beugte sich zu dem Mädchen herunter. „Was denkst du, ist der Mörder jetzt von Brüsten auf Augen umgestiegen? Wieso?"

Jäger sah nachdenklich auf die Leiche hinab. „Ich denke, er hat eine eindeutige Botschaft, die wir nur noch nicht erkennen können. Wir müssen rausfinden, ob sie Luisa Beil kannte, oder ob der Mistkerl sich zwei vollkommen Unbekannte für diese perversen Spielchen ausgesucht hat."

„Wie kommt er auf diesen Platz?" fuhr die Kommissarin fort und ging mit Nina ein kleines Stück zwischen den Bäumen entlang, bis sie freie Sicht über den Niddapark hatten.

„Wahrscheinlich war es ihm zu riskant, erneut ein Mädchen in den Grüneburgpark zu legen. Und so weit weg voneinander sind beide nicht," mutmaßte Nina.

Jäger nickte und schien sich alles bildlich einzuprägen, ehe sie sich zu ihr umdrehte und langsam zurück zum Fundort schritt. Nachdem sie kurz mit dem Betreiber des Restaurants gesprochen hatten, gingen sie zum Wagen und sahen dem Abtransport der Leiche zu.

„Ich lasse mir jetzt alle Informationen über die Kleine durchgeben. Eltern, Schule, sämtliche Details, die wir über sie haben. Dann fahren wir als Erstes zu ihrer Familie." Zerknirscht sah Jäger zu den Bäumen des Parks hinauf. „Diesen Teil hasse ich am Allermeisten!"

Kurze Zeit später hatten sie die Namen der Eltern von Kati Winter und machten sich auf den Weg zu der Adresse, die auf ihrem Ausweis stand.

Der Stadtteil Hausen war nur etwa zwei Kilometer vom Fundort der Leiche entfernt, sodass sie einen kurzen Moment später vor dem kleinen, weißen Einfamilienhaus mit gepflegtem Vorgarten standen.

Die folgenden Minuten waren furchtbar und würden Nina für immer im Gedächtnis bleiben. Das erste Mal, wenn man den Eltern eines Opfers sagen musste, dass ihr Kind nie mehr wiederkommen würde, war schrecklich. Auch in Zukunft würde ihr so etwas niemals leichtfallen, doch erstmals zu erleben, wie eine Mutter weinend zusammenbrach und einem Vater die Tränen übers Gesicht liefen, das riss einem beinah das Herz heraus.

Jäger hatte es so mitfühlend wie nur möglich über die Lippen gebracht, doch die freundlichen Gesichter des Ehepaar Winters, die beide oftmals von zu Hause arbeiteten, hatten sich innerhalb von Sekunden zu wahren Geistermasken verwandelt.

„Es tut mir schrecklich leid," sagte Jäger und hielt die Hand von Frau Winter, die zusammengekauert auf dem Sofa saß und schluchzte.

„Wieso?" murmelte Katis Vater, „wieso bringt jemand unsere Tochter um?" Mit tränennassem Gesicht sah er Nina an. „Was hat man ihr angetan?"

Nina versuchte, den Eltern die schlimmen Einzelheiten vorerst zu ersparen. „Wir wissen die genauen Todesumstände noch nicht, Herr Winter. Genaueres wird erst die Untersuchung bringen. Klar ist jedoch, dass es in den letzten Stunden geschehen sein muss." Sie wies auf den Esstisch der Eltern und setzte sich gemeinsam mit dem zitternden Mann hin. „Wann haben Sie Kati das letzte Mal gesehen? War etwas anders als sonst?"

Herr Winter wurde von Weinkrämpfen geschüttelt, dafür sagte seine Frau leise: „Wir haben sie zuletzt gestern Morgen gesehen, am Mittwoch. Beim Frühstück haben wir nur kurz über unwichtige Dinge gesprochen – und das Letzte, was ich zu meiner Tochter gesagt habe, war, dass sie den Müll mit rausnehmen soll." Sie drückte sich zitternd ein Taschentuch vors Gesicht.

„Und nach der Schule oder abends haben Sie Kati nicht mehr gesehen?" fragte Jäger und hielt nach wie vor Frau Winters Hand.

„Nein, sie hat mir nur geschrieben, dass sie zu Hause ist. Wir waren bei Freunden eingeladen und erst gegen 23 Uhr zu Hause." Sie blickte verzweifelt von Nina zu Jäger. „Dann haben wir gedacht, dass Kati schon schläft. Und heute Morgen war ich der Meinung, dass sie bestimmt schon in die Schule gegangen ist, als ich um 8 Uhr aufgestanden bin."

„Wir haben uns immer um unsere Tochter gekümmert, wir sind gute Eltern," bekräftigte Katis Vater mit wackeliger Stimme. „Aber in letzter Zeit war sie sehr oft gereizt, eben noch mitten in der Pubertät. Da haben wir gedacht, etwas Freiraum tut ihr gut. Wir dachten, kontrollieren wäre genau die falsche Option."

„Ist Ihnen sonst eine Veränderung an Kati aufgefallen? Gab es etwas, was Ihnen komisch vorkam?"

„Sie hatte eine typische Phase für Mädchen ihres Alters," antwortete Katis Mutter. „Sie hat über den Sommer ziemlich abgenommen und sozusagen ihren Babyspeck verloren. Außerdem trug sie plötzlich Kontaktlinsen und konnte ihre Brille nicht mehr leiden. Ich glaube, sie hat generell angefangen, für Jungs zu schwärmen, ich weiß aber nicht, für wen genau."

„Eine letzte Frage haben wir noch," sagte Jäger und stand langsam auf. „Sagt ihnen der Name Luisa Beil etwas? Hatte Kati Kontakt mit ihr?"

„Nein," sagte ihr Vater und schüttelte nachdenklich den Kopf, als seine Frau ihn mit panischer Stimme unterbrach. „Ist das nicht das Mädchen, das im Grüneburgpark gefunden wurde? Um Gottes

Willen, wurde mein Kind auch verstümmelt?" Weinend sackte sie erneut in sich zusammen und mit starrer Mine setzte sich ihr Mann neben sie, um den Arm um sie zu legen.

„Zum jetzigen Zeitpunkt können wir noch keinen Zusammenhang feststellen, aber sobald wir mehr wissen, werden wir uns bei Ihnen melden. Es ist aber wichtig zu wissen, ob die beiden Mädchen sich kannten., das werden wir möglichst schnell versuchen, herauszufinden."

„Ich glaube es nicht," sagte Herr Winter leise, „aber in letzter Zeit hat Kati uns nicht alles erzählt." Er blickte in Richtung der Haustür. „Ich möchte nicht unhöflich sein, aber könnten Sie uns nun allein lassen? Und bitte melden Sie sich bei uns, wenn es Neuigkeiten gibt."

Jäger nickte und sagte: „Natürlich und vergessen Sie nicht, dass wir für Sie da sind. Sie sind nicht allein in dieser schrecklichen Situation. Wenn Sie mit jemandem sprechen wollen, gibt es genügend Menschen, an die Sie sich wenden können. Frau Hilbert und ich werden versuchen, so schnell wie möglich Ergebnisse zu bekommen und ich verspreche Ihnen, dass wir dieses Schwein kriegen werden." Sie verabschiedete sich und nickte Nina zu, als sie in Richtung der Haustür ging. Draußen angekommen, atmeten beide tief ein und erholten sich einen Moment in der kalten Herbstluft.

„Das war schrecklich," murmelte Nina.

„Oh ja. Aber genau diese Momente treiben einen an," antwortete Jäger. „Wenn man sieht, was für Schmerz so ein Schwein anrichtet und wie die Angehörigen nun auf ewig leiden werden, will man es umso mehr zu fassen kriegen."

„Was machen wir jetzt?" fragte Nina und reichte ihrer Vorgesetzten ungefragt eine Zigarette, die sie sogleich anzündete und den Rauch tief inhalierte.

„Wir fahren ins Büro und schauen uns diese ganzen Infos noch einmal genauer an. Alles, was wir bis jetzt haben. Vielleicht sehen wir ja schon irgendetwas, bevor wir die Ergebnisse der Obduktion bekommen."

Auf dem Präsidium angekommen, gingen sie zügigen Schrittes in den noch immer chaotischen Raum und Jäger begann sofort, auf ihrem Schreibtisch herumzuwühlen. Kurz darauf schien sie gefunden zu haben, was sie suchte und trat mit zahlreichen Markern und gelben Zetteln an die gegenüberliegende Wand, an der eine große Karte der Stadt Frankfurt hing. Nina nahm schweigend an ihrem Schreibtisch Platz und ließ ihre Kollegin ihr Werk vollenden. Als Jäger fertig war, trat sie einen Schritt zurück und betrachtete alle Notizen.

„Luisa Beil wohnt im Westend," sagte sie erklärend, „sie geht auf die Anne-Stein-Schule, die ebenfalls dort liegt. Kati Winter ging auf die Adalbertschule in Bockenheim." Mit diesen Worten zeigte sie ein kleines Stück nach links auf ein weiteres gelbes Zettelchen. „Ihr Elternhaus liegt in Hausen."

Diesmal fuhr ihr Finger ein Stückchen nach oben. „Das erste Opfer wurde im Grüneburgpark gefunden, das zweite im

Niddapark." Jäger nahm einen dünnen, roten Marker und zog einen gleichmäßigen Kreis über die Karte, sodass sich alle Markierungen darin befanden.

Sie sah Nina an und fasste zusammen: „Meiner Meinung nach wohnt unser Täter in diesem Bereich, zumindest quält er sie hier. Er fährt auf keinen Fall mit den entführten Mädchen aus Frankfurt raus und bringt sie anschließend wieder zurück."

Nina besah sich die Karte. In dem roten Kreis lagen neben dem Westend und Bockenheim noch mehrere weitere Stadtteile, wie etwa Rödelheim, Ginnheim und Dornbusch, sowie ein kleiner Teil der Innenstadt.

„Denke ich auch," antwortete Nina. „Aber beide Mädchen gingen auf unterschiedliche Schulen und wohnten in verschiedenen Stadtteilen. Durch das, was wir gehört haben, kann man davon ausgehen, dass sie sehr verschiedene Typen waren. Wo liegen also die Gemeinsamkeiten?"

Anstatt zu antworten, griff die Kommissarin nach ihrem Handy auf dem Schreibtisch und wählte eine Nummer. „Guten Tag, Ricarda Jäger von der Kriminalpolizei Frankfurt. Könnten Sie mir sagen, ob Luisa Beil uns eine kurze Frage beantworten könnte?" Sie lauschte einen Moment und fuhr dann zu Nina herum. „Was?!"

Nachdem die Person am Telefon noch etwas gesagt hatte, legte Jäger wütend auf und schlug mit der Faust auf den Tisch. „Dieses Arschloch!"

„Jetzt spann mich nicht so auf die Folter, was ist los?"

„Luisas Vater hat heute Morgen die prompte Verlegung seiner Tochter durchgezogen! Der Typ hat uns eiskalt angelogen, das muss er in den letzten zwei Tagen vorbereitet haben!"

„Wo ist sie jetzt?" Nina sah erneut das nervöse Gesicht von Herrn Beil vor sich. Offenbar hatte er vermeiden wollen, dass der Plan von ihm und seiner Frau bekannt wurde. Hauptsache, das Töchterchen sah möglichst schnell wieder passabel aus. Sie hätte kotzen können.

Jäger sah in einigen Unterlagen nach und versuchte dann, den Vater zu erreichen. „Die Krankenschwester hat gesagt, sie hätten einen Spezialisten aus den Niederlanden beauftragt, sich nun um die Operationen der Tochter zu kümmern. Scheiße, das Handy ist aus!" Wütend knallte sie ihr eigenes Telefon auf den Tisch.

„Woher erfahren wir jetzt, ob die beiden Mädchen sich kannten?" fragte Nina frustriert und ließ sich gegen die Lehne ihres Stuhls sinken.

Jäger sah genervt auf die Karte an der Wand und anschließend auf die Uhr. Dann murmelte sie: „Wenn wir morgen früh bei der Gerichtsmedizin waren, fahren wir sofort zur Adalbertschule und haken dort nach, ob irgendeiner von Kati Winters Klassenkameraden etwas weiß. Geh du für heute nach Hause, ich erledige noch ein paar Sachen und morgen wissen wir hoffentlich mehr!"

Das Leid der Kati Winter.

Am nächsten Morgen trafen sie sich um 9 Uhr im Frankfurter Institut für Rechtsmedizin. Dieses lag zentral auf der Kennedy-Allee und nachdem sie bei einer morgendlichen Zigarette noch einmal die gestrigen Ereignisse hatten Revue passieren lassen, betraten die beiden Frauen nun gemeinsam mit einem hageren Mann namens Professor Rinke einen weiß gefliesten und furchtbar kalt wirkenden Raum. Er führte sie zu seinem zuständigen Kollegen und verschwand so schnell, wie er gekommen war. Rechtsmediziner waren ganz klar ein Fall für sich.

Nina kannte die Abläufe bei Obduktionen, doch auch dieses Mal jagte ihr die sterile Umgebung einen kalten Schauer über den Rücken. In der Mitte des Raums lag Kati Winter auf einem grauen, verstellbaren Tisch und hätte ihr nicht das rechte Auge gefehlt, wäre Nina fest davon überzeugt gewesen, dass das Mädchen dort lediglich tief schlafen würde. Sie war bedeckt mit einem grünen Tuch, welches man ihr bis zur Brust gezogen hatte.

Die beiden traten an den Tisch und der zuständige Gerichtsmediziner Fahl, Patricks vertretender Kollege, begann mit seinem Bericht.

„Wie Sie wissen, ist das Mädchen sechzehn Jahre alt. Wir haben soweit alle Untersuchungen der Organe beendet und ein relativ eindeutiges Ergebnis erhalten." Der kleine Mann machte eine kurze Pause und schob ein Schränkchen mit allerlei Besteck beiseite.

„Mit Sicherheit lässt sich sagen, dass sie vor dem Eingriff ein kerngesundes, junges Mädchen gewesen ist."

„Was hat der Täter ihr genau angetan?" fragte Nina und versuchte, nicht ständig auf die Augenhöhle des leblosen Mädchens zu starren.

„Sie hat ein Hämatom an der linken Schläfe, vermutlich wurde sie mit einem länglichen Gegenstand, eventuell einem Schlagstock, verletzt. Der Täter ist Rechtshänder und hat mit großer Wucht zugeschlagen, sodass Kati Winter mit Sicherheit bewusstlos geworden ist." Fahl wies auf die rechte Gesichtshälfte des Mädchens. „Die Amputation des Auges erfolgte unmittelbar vor ihrem Tod und wurde mit einem scharfen Gegenstand, wahrscheinlich mit einem Skalpell, durchgeführt. Der Täter hat die untere Partie der Bindehaut durchtrennt, ebenso die Augenmuskeln und zu guter Letzt den Sehnerv."

„Hat man das Auge gefunden?" fragte Nina und verzog das Gesicht. Die Augenhöhle war nun nicht mehr blutverschmiert, dafür war sie jetzt noch besser erkennbar und bei genauerem Hinsehen sah man eine feine Naht, wo offenbar die verbliebenen Muskeln miteinander vernäht worden waren. „Und stammt diese Naht noch vom Täter?"

„Nein und nein," antwortete Fahl, „das entfernte Auge ist verschwunden und die Naht stammt von uns, da die Eltern sich von ihrer Tochter verabschieden wollen. Wir werden ihr Gesicht aber auch noch teilweise abdecken, wenn sie hierherkommen.

„Das bedeutet, der Täter hat ihr das Auge zwar herausgeschnitten, aber nichts verbunden oder genäht?" wollte Jäger wissen.

Fahl lehnte sich an ein metallisches Waschbecken und nickte. „Ich glaube, dass Kati während der Prozedur gestorben ist."

„Wie kommen Sie darauf?"

„Die ersten Schnitte sind sehr vorsichtig durchgeführt worden, doch die Letzten wirken ungenau, beinahe hektisch, so als wäre ihm sein Werk schließlich nicht mehr wichtig gewesen. Es ging ihm zwar noch um das Entfernen, allerdings nicht mehr um Genauigkeit."

„Ist sie denn daran verblutet?" fragte Nina zweifelnd und runzelte die Stirn.

„Nein, dadurch wäre sie nicht so schnell gestorben." Fahl ging zu dem kleinen Schreibtisch in der Ecke und nahm einige Dokumente in die Hand. „Ihre Todesursache war ein klassischer Atemstillstand, hervorgerufen durch die große Menge an Heroin in ihrem Körper."

„Heroin?" fragten Jäger und Nina wie aus einem Mund. „Hatte sie sonst noch etwas im Körper, irgendwelche anderen Substanzen?"

Der Gerichtsmediziner trat wieder an den Obduktionstisch und schüttelte den Kopf. „Sie hatte eine Überdosis und der Stress durch ihre Folter hat vermutlich seinen Teil dazu beigetragen."

Er deutete auf die Beuge ihres Arms, an der man einen winzigen Einstich erkennen konnte. „Ich weiß, dass Sie hoffen, auch dieses Mädchen hätte GHB im Körper gehabt, doch ich muss sie leider enttäuschen. Heroin lässt sich aber durchaus länger nachweisen und sie hat dies definitiv kurz vor ihrem Tod gespritzt bekommen."

Mitleidig sah er auf die Leiche. „Wahrscheinlich war es eine Erlösung für sie und mit etwas Glück hat sie nicht zu viel von diesem Martyrium mitbekommen. Aber genau weiß man das bei dieser Droge leider nicht."

„Gibt es sonst irgendetwas? Fingerabdrücke, Spuren?" fragte Jäger und warf ebenfalls einen letzten Blick auf das blasse Gesicht des Mädchens.

„Nichts. Es gibt keine Anzeichen auf sexuellen Missbrauch und wir haben weder an dem Mädchen, noch an ihrer Kleidung, irgendetwas gefunden, was auf den Täter schließen lassen würde. Sie jagen hier ein echtes Phantom."

Draußen angekommen, atmeten beide Frauen tief ein und genossen es einen Augenblick, nicht mehr in diesem beklemmenden Raum stehen zu müssen.

„Es ist derselbe Typ, oder? Es muss derselbe sein," sagte Nina fröstelnd.

„Ganz sicher, darauf verwette ich meinen Ältesten," entgegnete Jäger und suchte nach ihren Autoschlüsseln. „Aber wieso ist er von GHB auf Heroin umgestiegen? Das Zeug betäubt die Sinne zwar auch und dämpft dein gesamtes Reaktionsvermögen, aber es ist doch kein Vergleich zu K.O Tropfen!" Sie überlegte einen Moment.

„Ich rufe Hess und Winkmann an, die beiden sollen uns ab morgen ohnehin unterstützen und sich heute schonmal rund ums Bahnhofsviertel umhören. Der Mistkerl wird das Zeug bestimmt erst kürzlich besorgt haben. Vielleicht will sich ja jemand mit einem Tipp etwas dazuverdienen."

Während die beiden Polizistinnen nach Bockenheim fuhren, telefonierte sie mit Hess und informierte ihren Kollegen über den aktuellen Stand. Kurz darauf erreichten sie die Adalbertschule und betraten den Pausenhof des Gymnasiums.

„Hast du uns angekündigt?" fragte Nina und wich einigen herumtobenden Mittelschülern aus, die sich gegenseitig über den Hof jagten. Gerade als Jäger antworten wollte, kam eine junge Frau mit einem riesigen, roten Schal auf sie zu. „Guten Tag, sind Sie die Polizistinnen, die wegen Kati Winter herkommen wollten?"

Die beiden blieben stehen und nickten. „Richtig, Ricarda Jäger und Nina Hilbert. Sind Sie die Vertrauenslehrerin?" fragte Jäger und streckte ihr die Hand entgegen.

Die schwarzhaarige Frau schüttelte ihnen die Hand und sagte: „Genau, ich bin Yvonne Löbig. Wir haben schon auf Sie gewartet, dort ist mein Kollege Herr Felshart, er war Katis Klassenlehrer." Sie winkte einem jungen Mann zu, der kurz darauf zu ihnen geeilt kam.

Der Lehrer mit den blonden, kurzgeschorenen Haaren begrüßte sie ebenfalls und sagte: „Es ist einfach schrecklich, die Schüler reden über nichts anderes. Außerdem war es wirklich schwierig, die Meute dort von den Jugendlichen fernzuhalten." Er deutete zur anderen Seite des Pausenhofs und Nina sah mehrere Pressefahrzeuge, sowie eine Reporterin mit Mikrofon, die nach wie vor hinter dem Tor der Schule lauerte.

„Vor dem Präsidium stehen sie auch schon Schlange," antwortete Jäger, „bisher haben wir eine Standardmeldung von unserem Pressesprecher herausgeben lassen, aber lange wird man sich damit nicht zufriedengeben. Versuchen Sie, Ihren Schülern klar zu machen, dass die Presse sich auf jedes Gerücht stürzen wird, das sie denen liefern. Sie sollten möglichst nicht mit Journalisten sprechen."

Löbig und Felshart nickten und machten sich gemeinsam mit ihnen auf den Weg zum Direktor. „Was unterrichten Sie, Herr Felshart?" fragte Nina und musterte den jungen Mann von der Seite. Er war etwa in ihrem Alter und hatte eine sehr drahtige Figur, die aber zu ihm passte. Seine blauen Augen schienen alles sehr genau zu betrachten und mit Sicherheit gab es die ein oder andere Schülerin, die für den Lehrer schwärmte.

„Deutsch und Sport," antwortete Felshart und hielt ihnen die Tür des Rektorenzimmers auf, nachdem er geklopft hatte. „Aber heute früh haben wir natürlich keinen Unterricht abgehalten. Ich habe mit der Klasse über Kati gesprochen und Ihnen schon einmal aufgeschrieben, welche Schüler vermehrt Kontakt mit ihr hatten und bereit sind, mit Ihnen über sie zu sprechen."

Dankend gingen Nina und Jäger an ihm vorbei und setzen sich, gemeinsam mit Yvonne Löbig, auf die braunen, unbequemen Stühle.

Herr Schneider war ein dicker Mann mit Halbglatze und schlechtsitzenden, beigen Anzug. Die meiste Zeit faselte er von der „schrecklichen Tat" und wie er das nur den anderen Eltern erklären solle, die massenweise bei ihm anrufen würden. Irgendwann war Jäger so genervt vom Selbstmitleid des Rektors, dass sie relativ barsch meinte, nun doch bitte mit den Schülern sprechen zu dürfen.

Felshart gab ihnen einen Bogen mit den Namen von fünf Schülern. „Kati war ein eher zurückhaltendes Mädchen," sagte er. „Sie war fleißig und ein sehr schüchterner Typ. Viele Freundinnen hatte sie nicht, die meisten Schülerinnen haben auch gesagt, dass sie mit ihr bis zum Sommer überhaupt nichts zu tun hatten."

„Wieso bis zum Sommer? Was war danach?" wollte Jäger wissen.

„Ich weiß nicht, ob Sie schon mit ihren Eltern gesprochen haben, aber sie hat sich in den Ferien äußerlich verändert," antwortete der Lehrer. „Man merkte, dass sie dazugehören wollte. Plötzlich waren ihre Röcke kürzer und die T-Shirts weiter ausgeschnitten. Sie scheint sich den anderen angenähert zu haben und war öfter mit den Fußballern unterwegs. Aus diesem Grund habe ich Ole Merz auf die Liste geschrieben, er war ihr erster Freund. Von den Mädchen aus ihrer Klasse hat sich Melissa Uhland sofort bereit erklärt, mit Ihnen zu sprechen. Sie hat Kati wohl öfter mit zu Partys genommen. Ihr Bruder, Vincent, steht ebenfalls auf der Liste, genau wie unsere Klassensprecherin, Annika Zorn. Der einzige Freund, den Kati schon vor dem Sommer hatte, ist Tim Strobinger, er hat auch zugesagt, mit Ihnen über sie zu sprechen."

Die beiden nickten und nachdem Felshart den Raum gemeinsam mit dem Direktor und der Vertrauenslehrerin verlassen hatte, bereiteten Jäger und Nina sich mit Notizblöcken auf die Befragungen vor.

Die Anderen.

Die Ersten, die den Raum gemeinsam mit Frau Löbig betraten, waren zwei Jungen mit Kapuzenpullovern und Rucksäcken über den Schultern.

„Ole Merz," sagte der Blonde von ihnen und reichte beiden die Hand. Er setzte sich neben die Vertrauenslehrerin und blickte die beiden aus großen, blauen Augen heraus traurig an. Der zweite Junge hatte dunkle Haare, die, vermutlich beabsichtigt, wild in alle Himmelsrichtungen standen. Er ließ sich ebenfalls auf einen Stuhl fallen und sah nicht besonders glücklich aus. „Vincent Uhland," murmelte er und zog seinen Pullover zurecht.

„Hallo ihr zwei- Können wir euch duzen?" fragte Jäger. Die Jungs nickten.

„Wurde sie von diesem Psychopathen umgebracht? Ich habe es gestern Abend bei Facebook gelesen und heute Morgen war es in allen Zeitungen. Das kann einfach nicht sein." Tief betrübt schüttelte Ole Merz den Kopf.

„Im Moment versuchen wir zu klären, was genau passiert ist," sagte Nina und sah den Jungen an. Er wirkte ehrlich erschüttert über den Tod seiner Freundin. „Wie lange wart ihr beiden zusammen?"

„Erst seit Ende August, aber wir waren kein richtiges Paar, wie Sie vielleicht denken." Er sah zu seinem Freund, der neben ihm den Mund verzog. „Wir haben uns öfter getroffen und viel geredet, über alles Mögliche."

„Er meint damit, dass es nicht übers Fummeln hinausging," warf Vincent ein und kassierte dafür prompt einen Fausthieb gegen den Arm.

„Halts Maul, du Idiot."

„Das heißt, ihr wart frisch zusammen," unterbrach Nina das kindische Benehmen der Schüler. „Gab es irgendetwas, das Kati Angst gemacht hat? Oder wurde sie von jemandem bedroht?"

Ole Merz schüttelte den Kopf. „Nein, wenn wir uns gesehen haben, wirkte sie immer sehr glücklich. Sie war zwar schüchtern, aber sie schien ausgeglichen und mit ihrem Leben zufrieden zu sein."

„Was ist mit dir, Vincent, wie war dein Kontakt zu Kati?" fragte Jäger und sah zu ihm hinüber.

Der Junge zuckte mit den Schultern. „Sie war schon lange in unserer Klasse und ab und zu auch bei Fußballspielen auf der Tribüne, wie eigentlich alle aus dem Jahrgang. Aber sie hat nie ein Wort mit uns gesprochen." Er dachte kurz nach. „Etwa Ende Juli kam meine Schwester Melissa nach Hause und meinte, sie hätte Kati in der Stadt getroffen und sie sei wie ausgewechselt. Sie sähe super aus und hätte geredet wie ein Wasserfall. Kurz darauf hat Melissa sie dann mit zum See gebracht und ab dann war sie eigentlich meistens mit dabei."

„Hattest du viel mit ihr zu tun?"

Vincent verneinte. „Wenn dann war sie eigentlich bei Melissa und ein paar ihrer Freundinnen, oder sie hat mit Ole rumgeknutscht," sagte er und deutete auf seinen Kumpel, der betroffen zu Boden blickte. „Jan hat sie ab und zu verarscht, weil sie früher etwas dicker war und hat ihr gelegentlich Sprüche gedrückt, dass sie mit dem Essen vorsichtig sein soll, da wurde sie manchmal knallrot. Aber sonst habe ich nicht wirklich viel mit ihr zu tun gehabt."

„Jan Petry?" hakte Jäger nach und sah auf die Klassenliste, die Daniel Felshart ihnen gegeben hatte. Vincent nickte. „Aber er hat nichts gemacht," fügte er schnell hinzu. „Jan ist so einer, der nicht nachdenkt, bevor er redet. Fußballer," sagte er grinsend und deutete gleichzeitig auf Ole und sich selbst.

„In Ordnung, eine Frage zum Schluss." Nina sah auf ihren Notizzettel und blickte dann beiden Jungs ins Gesicht. „Kennt ihr Luisa Beil?"

Ole und Vincent schüttelten die Köpfe. „Das ist die mit den abgeschnittenen Brüsten, oder?" fragte Vincent. „Nein, nie gesehen."

Da sie sich eine andere Antwort erhofft hatte, bedankte Nina sich und sah Jäger abwartend an, während die Vertrauenslehrerin die beiden Jungen hinausbrachte. „Kommen jetzt die Mädchen?"

Jäger nickte. „Mal sehen, ob da mehr herauszubekommen ist."

Als die Tür des Rektorenzimmers erneut aufging, kam ein rothaariges, hübsches Mädchen herein und stellte sich als Melissa Uhland vor. Nina schätzte Vincents Schwester etwas jünger ein, vermutlich war er selbst sitzengeblieben und nun in derselben Klasse wie Melissa gelandet. Hinter ihr betrat Frau Löbig den Raum, gefolgt von einem Mädchen mit schwarzen Locken. „Annika Zorn, ich bin die Klassensprecherin," stellte sie sich sogleich vor.

„Frau Jäger, ich habe nun ein Elterngespräch, ist es für Sie in Ordnung, wenn ich gehe?" fragte die Vertrauenslehrerin an der Tür stehend und blickte verlegen auf ihre Uhr.

„Kein Problem, wir schaffen das hier schon," sagte die Kommissarin und lächelte die beiden Mädchen an. Als sie allein waren, eröffnete sie die Befragung.

„Melissa, wir haben von deinem Bruder gehört, dass du diejenige warst, die Kati Winter zum ersten Mal mitgebracht hat? Wie kam das?"

Melissa schluckte und war sichtlich nervös. „Naja, ich habe sie auf der Zeil getroffen. Sie war vollkommen anders, als ich sie aus der Schule kannte. Sie war schlanker geworden und hatte sich auch gerade neue Klamotten gekauft. Kati fragte mich, was ich am Wochenende denn so vorhätte und ich habe mir gedacht, wieso sollte ich sie nicht mitnehmen? Sie schien ein nettes Mädchen zu sein und war endlich nicht mehr so scheu."

„Und ab dann habt ihr beide euch also angefreundet?" wollte Nina wissen.

„Richtige oder sogar beste Freundinnen waren wir nicht," antwortete Melissa ausweichend. „Aber ich habe sie mitgenommen, wenn wir Sachen unternommen haben und sie hat auch immer versucht, sich an Gesprächen zu beteiligen und kam gut mit meinen beiden anderen Freundinnen zurecht. Es war nett mit ihr," sagte sie leise und blickte nach unten. „Es ist furchtbar, ich kann nicht verstehen, wie jemand ihr so etwas antun konnte."

„Hat man ihr allen Ernstes ein komplettes Auge entfernt?" unterbrach Annika Zorn wissbegierig und zwirbelte eine Locke zwischen ihren Händen. „Das ist einfach furchtbar!"

Nina schien es, als fände das Mädchen es weitaus weniger furchtbar, als sie vorgab. Das erste Wort, das auf die Klassensprecherin zuzutreffen schien, war sensationslüstern.

„Hattest du viel Kontakt mit ihr, Annika?" wandte sie sich an die Schülerin neben Melissa und wartete auf ihre Antwort, während sie ‚hinterlistig' auf den Zettel vor sich schrieb und ihn Jäger hinschob. Diese grinste. Keine der beiden Frauen konnte dieses übermotivierte Mädchen leiden.

„Ich stehe stellvertretend für die Klasse, natürlich habe ich immer ein offenes Ohr für alle anderen," begann Annika sogleich. „Kati kam vor den Ferien zu mir und hat gesagt, dass sie sich gerne mehr einbringen würde und bei Planungen für Stufenpartys und ähnlichem helfen würde. Ich habe mit ihr einen Kaffee getrunken und ihr gesagt, dass sie dafür auf jeden Fall offener werden muss und etwas an sich arbeiten solle." Sie machte eine kurze Pause, um Luft zu holen. „Man könnte also sagen, ihre positive Veränderung hat auf mein Anraten stattgefunden."

„Und danach hattet ihr auch noch viel miteinander zu tun?" fragte Jäger mit hörbarer Abneigung in der Stimme.

„Anschließend habe ich sie auf ein paar Geburtstagen gesehen, aber ich bin sehr beschäftigt und habe es dann Melissa überlassen, Kati unter ihre Fittiche zu nehmen," antwortete Annika lächelnd und spielte weiter mit ihren Locken.

Die Schülerinnen verneinten ebenfalls, Luisa Beil zu kennen. Kurze Zeit später verließen die beiden den Raum und während man Annika Zorn draußen noch laut schnattern hörte, klopfte es erneut zaghaft an der Tür.

„Herein," rief Jäger und ein schmaler Junge mit Brille und kurzen, braunen Haaren betrat den Raum.

„Hallo, du musst Tim Strobinger sein," sagte Nina und begrüßte den blassen Schüler. „Danke, dass du dich auch bereit erklärt hast, mit uns zu sprechen." Sie deutete einladend auf die Stühle vor sich. Langsam setzte der Junge sich und rutschte dabei unsicher von einer Seite zur anderen.

„Also Tim, wir haben von eurem Klassenlehrer gehört, dass du schon länger mit Kati befreundet gewesen bist. Ist das richtig?"

Der Junge nickte. „Ja," sagte er und hüstelte leicht. „Kati war meine Freundin, bis sie sich im Sommer veränderte." Er sah erst Nina, dann Jäger an. „Ich hatte sowieso schon niemanden außer ihr. Mit Kati konnte ich wenigstens ab und zu gemeinsam Hausaufgaben machen oder zur Schule laufen."

Was meinst du mit ‚verändert'? unterbrach Jäger den Jungen. „Zum Negativen verändert?"

Tim Strobinger lachte, doch es war ein trauriges Lachen. „Naja, sie hatte nach den Ferien plötzlich keine Brille mehr und offenbar abgenommen. Sie hing viel mit den beliebten Mädchen ab und ging lieber mit Ole zur Schule, der auch bei uns in der Nähe wohnt. Und plötzlich war ich dann abgeschrieben. Ab und an hat sie mir nochmal zugenickt, ansonsten war sie zu beschäftigt mit ihrer neuen Clique, bestehend aus beliebten Kids."

„Das heißt, du warst wütend auf Kati?" Forschend lehnte Jäger sich nach vorne.

„Nicht wütend, eher enttäuscht," antwortete Tim und sah Jäger misstrauisch an. „Das heißt aber nicht, dass ich ihr etwas getan habe. Erst recht nicht so etwas Schreckliches. Wenn es stimmt, was überall steht, dann ist es furchtbar, so etwas hat Kati nicht verdient."

„Sagt dir der Name Luisa Beil etwas, Tim?" fragte Nina. Irgendwer musste das Mädchen doch kennen! Sie glaubte einfach nicht an die Zufallstheorie, dazu passte diese Vorgehensweise einfach nicht. Irgendetwas war hier faul.

„Nein, ich habe nur gelesen, dass das Opfer aus dem Grüneburgpark in den Zeitungen ‚*Luisa B.*' genannt wird." Er hob entschuldigend die Hände.

„Wie ist das Verhältnis zwischen den anderen Schülerinnen und Schülern hier?" wollte Jäger wissen. „Gibt es offene Streitigkeiten?"

Tim schien kurz zu überlegen. „Ob Sie es mir glauben oder nicht, ich gehöre zu den anständigen Menschen an dieser Schule. Leider bringt mir das nur nicht viel."

Nina sah ihn musternd an. „Wie meinst du das?"

„Kommen Sie. Ich bin gut in Mathe und Chemie, bin ein Nerd und habe keine Freunde an der Schule. Was denken Sie, wo ich hier in der Hackordnung stehe?"

„Wirst du gemobbt? Wenn ja, kann etwas dagegen unternommen werden," riet Jäger ihm und sah Nina mit hochgezogenen Augenbrauen an. „Du bist nicht allein, wenn du Hilfe brauchst, dann wende dich an Menschen, die genau dafür da sind. Frau Löbig zum Beispiel, sie wirkt doch sehr kompetent."

„Ist schon in Ordnung, ich bin ja nicht der Einzige, der ab und zu einstecken muss." Tim Strobinger zuckte mit den Schultern und schob seine Brille zurecht. „Jedenfalls habe ich Kati nichts getan, sie war mir mal sehr wichtig. Und ich bin traurig, dass sie tot ist." Er blickte scheu zwischen den beiden Frauen hin und her. „Kann ich jetzt gehen?"

Gewissensbisse.

Nina hätte beinahe gelacht, als sie daran dachte, dass sie das Studium als anstrengend empfunden hatte. Es war mittlerweile fast 19 Uhr und die Informationen des gesamten Tages schossen in ihrem Kopf nur so von einer Stelle zur anderen. Sie zog sich ihre Jacke an und war froh, die Arbeit nun für ein paar Stunden hinter sich lassen zu können.

Jäger und sie hatten sich nach dem Besuch in der Schule mit Hess und Winkmann im Präsidium getroffen, um die aktuellen Erkenntnisse durchzugehen. Zu viert hatten sie in einem Besprechungsraum im zweiten Stock der Kriminaldirektion Platz genommen und waren von Jäger vorgestellt worden.

„Dieter Hess, mittlerweile seit zwanzig Jahren Kriminalkommissar und der einzige Mensch, der mehr essen kann als ich."

Der sympathische Polizist mit leichten Geheimratsecken lachte und berichtete kurz, dass er zwei Kinder hatte, in Flörsheim wohnte und schon mehrfach mit Jäger zusammengearbeitet hatte. Anschließend war Andrea Winkmann an der Reihe, sie schien etwa so alt zu sein wie Jäger, wirkte allerdings um einiges burschikoser. Die Kommissarin hatte eine blonde Kurzhaarfrisur und breite Hüften, dazu ein sympathisches Lachen und eine Menge erfolgreicher Verhaftungen vorzuweisen, wie Jäger erklärte. Nachdem Nina sich ebenfalls kurz vorgestellt hatte, berichteten sie den beiden Kollegen von den Gesprächen an Kati Winters Schule.

„Dieser Tim Strobinger klingt wie der typische komische Kauz, den es wohl in jeder Klasse gibt," brummte Hess. „Habt ihr ihn im Verdacht?"

Jäger und sie sahen sich einen Moment lang an. „Der Junge ist zutiefst unglücklich, aber ich halte ihn für harmlos," antwortete Jäger. „Die beliebten Jungs allerdings, die haben es faustdick hinter den Ohren." Sie blickte zu Nina. „Trotzdem trauen wir aktuell keinem von ihnen zu, für Katis Tod verantwortlich zu sein," fuhr sie fort. „Außerdem konnten wir bisher keine Verbindung zwischen den beiden Opfern erkennen. Es ist zum Verrücktwerden."

„Vielleicht ist es doch ein anderer Täter?" fragte Winkmann. „Ein Nachahmer?"

„Das glaube ich eigentlich nicht, dafür ist die Zeitspanne der Angriffe zu kurz. Außerdem will ich einfach nicht glauben, dass wir aktuell zwei solche Typen in der Stadt haben. Aber wir können natürlich nichts ausschließen, bis wir endlich einen Treffer gelandet haben."

„Apropos Treffer," sagte Winkmann und hob die Hand. „Wir haben hier etwas für euch." Sie legte ihren Notizblock vor sich und tippte mit dem Finger darauf. „Wir haben uns in der Kaiserstraße und rund um den Hauptbahnhof umgehört. Hess' ehemaliger Kollege ist ja inzwischen beim Drogendezernat, der hat uns ein paar Namen seiner typischen Pappenheimer dort genannt."

Sie machte eine kurze Pause und sah die beiden an. „Und tatsächlich hat ein ziemlich kaputt aussehender Typ namens Erik zugegeben, dass ein Mann bei ihm am vergangenen Freitag nach K.O. Tropfen gefragt hat."

„Konnte er den Mann beschreiben?" fragte Nina aufgeregt.

„Nicht wirklich, bei Junkies liegt die Treffsicherheit von Personenbeschreibungen aber sowieso eher im einstelligen Bereich. Dieser Erik konnte kaum die Augen offenhalten, als wir mit ihm geredet haben. Durch seinen eigenen Dealer hat er dem Mann die Drogen besorgt und dafür fünfzig Euro als Belohnung in die Hand gedrückt bekommen."

Hess fuhr fort: „Jedenfalls ist derselbe Mann ein paar Tage später nochmals bei ihm aufgetaucht, er glaubt, dass es am Dienstag gewesen ist. Dieses Mal hatte Eriks Dealer kein GHB und der Mann hätte vor ihm herumgeflucht, als Erik zu ihm zurückgekommen ist. Er hat ihm dann Heroin als Alternative geboten, was er wohl enttäuscht angenommen hat."

„Konnte er irgendetwas zu dem Arschloch sagen, ist ihm wirklich gar nichts aufgefallen?" fragte Jäger und knackte nervös mit ihren Fingern.

„Nur, dass er eine schwarze Jacke getragen hat und dass die Kapuze ihm bis tief ins Gesicht hing. Es hat in Strömen geregnet und unser Junkie war ohnehin nur scharf auf das Geld. Der Mann sei durchschnittlich groß und schlank gewesen."

Winkmann sah die beiden betreten an. „Vermutlich wird kaum etwas auf den Überwachungskameras in der Gegend zu sehen sein, aber wir versuchen unser Glück trotzdem noch."

Die vier hatten sich voneinander verabschiedet und nun stand Nina wartend vor der Damentoilette im Erdgeschoss, um sich noch von Jäger zu verabschieden. Draußen war es dunkel geworden und sie wollte nur noch nach Hause. Die Kommissarin verließ die Toilette, schlüpfte ebenfalls in ihre Jacke und wollte gerade etwas zu ihr sagen, als hinter ihnen eine Stimme ertönte.

„Entschuldigung, Frau Jäger?"

Die beiden sahen sich um und erblickten Melissa Uhland, gemeinsam mit einem großen Mann und einer Kollegin in Uniform, die langsam auf sie zukamen. Die Polizistin hatte den beiden wohl nur gesagt, wo Nina und Jäger sich befanden, denn sie verabschiedete sich lächelnd und der Mann bedankte sich bei ihr. Anschließend kam er auf die beiden Frauen zu und streckte ihnen die Hand entgegen. „Peter Uhland, guten Abend."

„Hallo Herr Uhland, wie können wir Ihnen helfen?" fragte Jäger und sah zu Melissa hinüber.

„Ich habe erfahren, dass Sie heute wegen des schrecklichen Mords an dem Mädchen mit meiner Tochter gesprochen haben und offenbar gibt es einiges, was meine Kinder und ihre Mitschüler Ihnen verschwiegen haben. Beim Abendessen hat Melissa sich meiner Frau und mir anvertraut und wir haben, sehr zum Missfallen unseres Sohnes, beschlossen, hierherzukommen." Angesäuert blickte er zu seiner Tochter, die leise das Wort ergriff.

„Ich weiß nicht, ob es wichtig ist, aber ich war heute nicht ganz ehrlich und das würde ich gerne wiedergutmachen."

„Kein Problem Melissa, wir sind froh, dass du dich umentschieden hast, wirklich klasse. Kommen Sie doch mit," deutete Jäger dem Mädchen und ihren Vater an und gemeinsam gingen sie in denselben Besprechungsraum, in dem sie bereits zuvor gesessen hatten.

„Ich wollte erst nicht zu Ihnen kommen," begann die Schülerin und biss sich auf die Lippen. „Ich weiß nicht einmal, ob es richtig ist, hier zu sein."

„Nun mal ganz langsam, setz dich erst einmal und erzähl uns, was dir auf der Seele brennt." Jäger deutete auf einen freien Stuhl und goss Melissa ein Glas Wasser ein, ehe beide Polizistinnen und ihr Vater ebenfalls an dem runden Tisch Platz nahmen. Langsam nippte das Mädchen daran, ehe sie aufblickte.

„Ich hatte Ihnen doch gesagt, dass ich Luisa Beil nicht kenne. Das war gelogen."

Sie strich ihr Haar zurecht und hatte Tränen in den Augen. „Aber ich habe Angst, dass ich die Nächste bin. Außerdem kann ich ihnen seitdem nicht mehr in die Augen sehen."

„Wem, Melissa?" fragte Nina und reichte ihr ein Taschentuch von der Fensterbank, da der Schülerin nun die Tränen über die Wangen liefen.

„Die Anderen, sie werden mich doch alle hassen," schluchzte sie und blickte ihren Vater verzweifelt an. „Vincent ist jetzt schon richtig sauer."

„Um deinen Idioten von Bruder machst du dir jetzt einmal überhaupt keine Sorgen," erwiderte ihr Vater sichtlich wütend. „Der wird noch genügend Probleme bekommen."

„Du kannst uns vertrauen," bekräftigte Jäger und tätschelte dem Mädchen die Hand. „Schieß los, woher kennst du Luisa Beil?"

Melissa atmete tief ein und schien sich etwas gefangen zu haben. Sie griff in ihre Jackentasche und zog ihr Handy hervor.

Auf dem Display ihres Smartphones war ein Video zu sehen, aufgenommen in einem spärlich beleuchteten Wohnzimmer, in welchem sich jedoch eine Menge Leute aufzuhalten schienen.

Sie schluckte und blickte erneut zu ihrem Vater. Als dieser ihr aufmunternd zunickte, hielt sie es in die Richtung der beiden Frauen und sagte: „Sie sollten sich das hier ansehen."

Brot und Spiele.

Melissa drückte auf *Play* und der Raum vor Ninas Augen wurde von mehreren lauten Stimmen erfüllt, die durcheinanderriefen. Sie zog das Handy vor sich und Jäger beugte ihren Kopf so nah an ihren, dass die Haare ihrer Kollegin sie an der Wange kitzelten.

In dem Wohnzimmer erkannte man eine große, edle Wohnlandschaft, auf der fünf Jugendliche saßen. Unter anderem erkannte Nina Vincent Uhland, Ole Merz und noch einen gutaussehenden Jungen mit kurzgeschorenen, dunklen Haaren.

„Das ist Jan Petry," sagte Melissa und deutete auf ihn. Ein ihnen unbekanntes Mädchen setzte sich ebenfalls dazu und reichte einigen der Jungen Bierflaschen vom Tisch. Die Hausparty schien in vollem Gange zu sein, denn die Rufe und Stimmen klangen alles andere als nüchtern. Untermalt wurden sie von dröhnenden Bässen im Hintergrund.

Das Handy wurde anscheinend bewegt, denn nun sah man eine andere Ecke des Raumes, in der Melissa stand und heftig mit einem großen Jungen herumknutschte. Nina sah sie über das Smartphone hinweg an und das Mädchen senkte beschämt den Kopf.

Plötzlich wurden die Stimmen lauter. Kati Winter, das Mordopfer, hatte den Raum betreten und lehnte nun mit einem Glas in der Hand an die Verandatür.

Als Nächstes sah man, wie Jan Petry in die Mitte des Raumes trat, offenbar war er kurz im Flur gewesen. Vor sich her schubste er einen völlig verängstigten Tim Strobinger, der stolpernd auf dem großen grünen Teppich zum Stehen kam. Man verstand kaum ein Wort, doch allem Anschein nach wollte der schüchterne Junge die Party verlassen.

„Nichts da!" rief ein weiterer großer Junge mit blauem Eishockey Trikot und boxte ihm gegen die Schulter. Insgesamt schätzte Nina, dass sich etwa zwölf Personen in dem Wohnzimmer befanden. Allgemeines Lachen ertönte und die Handykamera schwenkte kurz zur Seite. Dort hatten sich mehrere Jugendliche neben der Couch aufgestellt, die Mädchen gackerten und die lauteste von ihnen war – Luisa Beil?!

Nina drückte auf *Pause*. „Was zur Hölle macht Luisa Beil dort? Ich dachte, keiner von euch kennt sie! Das habt ihr alle uns heute Mittag noch weismachen wollen!"

Betreten sah Melissa zu Boden und murmelte: „Wir haben abgemacht, mit niemandem über den Abend zu reden. Luisa war auch nur das eine Mal dabei, sie hatte was mit Jan. Die beiden kannten sich aus dem Fitnessstudio."

„Jan Petry, meinst du?" hakte Jäger nach.

Melissa nickte. „Ich habe sie nur an dem Abend gesehen, ich denke, die meisten anderen auch. Sie war eine Diva und mir taten die Mädchen ihrer Schule leid, weil sie definitiv dachte, sie wäre die Allerschärfste."

Nina biss sich auf die Lippen, ließ das Video weiterlaufen und hörte, wie Luisa rief: „Er soll mal zeigen, was er kann!"

Jan Petry, Vincent Uhland und ein anderer Junge schubsten Tim Strobinger hin und her, sodass seine Brille zu Boden fiel.

„Los, tanz Junge! Zeig deine Moves!"

Einige Sekunden vergingen, in denen der eingeschüchterte Junge wohl erkannt hatte, dass er nicht einfach so davonkam, also begann er, ungelenk die Hüften zu den schnellen Beats aus der Anlage kreisen zu lassen. Alle Anwesenden lachten ihn aus, am lautesten die Mädchen im Hintergrund.

Kati Winter war nach wie vor an der Fensterfront erkennbar, auch ihr lag ein leichtes Grinsen auf den Lippen, allerdings wirkte sie hemmungslos betrunken und konnte kaum mehr aufrecht an der Tür lehnen. Irgendwann schienen sich die Schüler genug amüsiert zu haben und Nina wollte schon auf Stopp drücken.

„Schauen Sie weiter," sagte Melissa allerdings und deutete mit bitterer Miene auf ihr Handy in Ninas Händen. „Ich will nur anmerken, dass ich genug hatte und raus gegangen bin, als seine Hose unten war. Ich konnte mir das nicht ansehen."

Verwirrt blickten beide Frauen wieder auf das Display und just in diesem Moment hörte man die grelle Stimme von Luisa, die lallend quickte.

„Du bist so ein Loser! Los Jungs, er soll mal sein Ding zeigen! Kann er stehen oder bist du so ein richtiger Schlappschwanz?"

Tim flehte und weinte, doch es half nichts. Angestachelt von Luisas

Worten und dem Johlen der anderen, riss der doppelt so breite Jan Petry ihm die Jeans herunter.

„Zeig uns, ob er stehen kann!" feixte Vincent danebenstehend und zerrte dem Jungen seine Boxershorts bis zu den Knien hinunter. Untenrum entblößt stand Tim Strobinger als Attraktion der Party dort und weinte bitterlich. Er war eingekesselt und kam nicht davon, es war schlicht und einfach kein Ausweg in Sicht.

Als Jan Petry einsah, dass der gedemütigte Junge sich nicht rühren würde, wurde er offenbar sauer. Er schritt an die Küchenzeile und kam mit einem großen Messer zurück. „Wir haben gesagt, du sollst uns beweisen, ob du impotent bist oder nicht, du Weichei! Los, oder ich schlitz dich auf!" An seinen Worten merkte man, dass auch er betrunken war, doch er bekam Tims Kragen zu fassen und hielt ihm das Messer vor den Hals.

Als hätte der Junge resigniert, fasste er sich schließlich an seinen Penis und legte Hand an sich selbst. Nina konnte kaum hinsehen, wie Tim dort zur bloßen Bespaßung auf schlimmste Art und Weise erniedrigt wurde. Natürlich regte sich in dieser Situation absolut nichts und nach etwa einer Minute, in denen einige Jugendliche ihn noch spaßeshalber anfeuerten, andere ihn aber auch mit Chips bewarfen, lallte Kati Winter, während sie an der Szene vorbei Richtung Flur wankte: „Kommt, lasst ihn gehen, das wird doch nichts mehr."

„Stimmt," gackerte Luisa und ein anderes Mädchen neben ihr hielt sich vor Lachen den Bauch. Vincent drückte Tim feixend seine Jeans in die Hand und Jan Petry schubste ihn hinaus auf die Veranda. „Verpiss dich, du Schlappschwanz, und komm nicht nochmal auf meine Party!"

Zuletzt sah man noch, wie er grinsend mit dem Messer wedelte, eher er es zurück in die Küche brachte und die Handykamera zeigte noch einmal den gesamten Raum, in dem die meisten Jugendlichen sich nun wieder lachend ihren Getränken widmeten. Als ein neues Lied begann, ertönte eine weibliche Stimme direkt hinter der Kamera.

„So Leute, das war vielleicht eine Show! Bis zum nächsten Mal!"

„Moment, war das eben diese Annika Zorn, eure Klassensprecherin?" fragte Jäger über die laute Musik des Videos hinweg. Während Melissa nickte, fror das Bild nach zwei Minuten und achtundvierzig Sekunden ein und das Video war beendet.

Einen Moment lang herrschte Stille und die beiden Polizistinnen starrten schockiert auf das Handy der Schülerin.

„Wisst ihr, dass es sexuelle Nötigung gewesen ist?" fragte Jäger fassungslos. „Außerdem habt ihr alle bei der Befragung gelogen. Was ist nur los mit euch Teenagern?"

Melissa weinte erneut und sagte: „Es tut mir so leid, ich schäme mich so, dass ich nichts gesagt habe. Die Anderen fanden es alle lustig und ich bin mit Tommy vor die Haustür gegangen, weil ich nicht sehen wollte, wie sie Tim verarschen."

„Wer hat dieses Video gesehen?" fragte Nina und gab dem Mädchen ihr Handy zurück.

„Ich glaube, Annika hat es an ein paar andere Schüler geschickt, aber es ist nicht online, falls Sie das meinen."

„Herr Uhland, wir werden mit Ihrem Sohn darüber sprechen müssen."

Der Vater nickte. „Ich weiß. Allerdings ist er vorhin mit Jan, Ole und den anderen Jungs aus seinem Team zu einem Spiel nach Nürnberg gefahren. Wir hatten einen tierischen Streit mit ihm am Telefon und haben ihm gesagt, wenn er nicht am Sonntag zurück ist, dann werden wir andere Seiten aufziehen."

„Setzen Sie sich sofort mit uns in Verbindung, wenn er zurück ist. Das ist weiß Gott kein Kinderstreich, was hier passiert ist." Energisch stand Jäger auf und reichte beiden die Hand.

„Danke Melissa, dass du uns das Video gezeigt hast. Es erfordert Mut, sich gegen Andere zu behaupten und den hast du. Wir werden das auch in der Schule anmerken, dass du ehrlich zu uns gewesen bist."

Betreten verließen das Mädchen und ihr Vater den Raum und Jäger ließ sich erneut auf ihren Stuhl sinken.

„Denkst du immer noch, dass Tim Strobinger nicht als Täter in Frage kommt?" fragte Nina nach einem kurzen Moment der Stille. Die Informationen, die ihnen das Video geliefert hatten, waren Gold wert. Endlich hatten sie eine Verbindung entdeckt.

„Er wurde dort bis aufs Blut gedemütigt. Außerdem haben wir hier endlich eine Verbindung zwischen Kati und Luisa."

Die Kommissarin nickte. Weißt du, ich war auch mal jung," sagte Jäger nach einer Weile und blickte nachdenklich aus dem Fenster. „Und ich denke, heute würde man sagen, dass ich auch eine Mobberin gewesen bin."

„Du?" fragte Nina und setzte sich ebenfalls noch einmal an den Tisch.

Jäger nickte. „Warst du in der Schule beliebt?"

„Ich würde sagen, ich habe zu den beliebteren Kids gehört, ja." Nina zuckte die Schultern. „Und klar, wir haben auch mal einen dummen Kommentar abgegeben, wenn wir jemanden nicht leiden konnten. Aber ich habe nie jemanden gemobbt!"

Jäger lachte sarkastisch. „Nun, geplant hatten wir das früher auch nicht wirklich. Aber meinst du nicht, diese ‚Kommentare' haben den Betroffenen auch ganz schön weh getan? Wenn sie ihnen beispielsweise täglich um die Ohren gehauen wurden? Denkst du, sie sind dann gerne in die Schule gegangen?"

Nina sah nachdenklich auf den Tisch. „Jetzt nimmst du mir ganz schön den Wind aus den Segeln, Boss."

Jäger schnalzte mit der Zunge und fuhr fort: „Wir haben einem Mädchen aus unserer Klasse das Leben zur Hölle gemacht. Wir hatten gemeine Namen für sie, wir haben sie immer mal wieder angerempelt, wenn sie uns im Weg stand und wir haben Gerüchte über sie in die Welt gesetzt."

Sie biss sich auf die Lippe. „Und einmal, auf unserer Klassenfahrt, sind wir nachts mit ihr in den Wald gegangen und haben so getan, als hätten wir sie gerne dabei. Mitten auf einer Lichtung sind wir alle mit unseren Taschenlampen zurück zur Jugendherberge gerannt und haben das Mädchen im stockfinsteren Wald zurückgelassen."

Nina sah sie mit offenem Mund an. „Das ist… verdammt, warst du gemein!"

Die Kommissarin nickte. „Wir haben auch einen riesigen Ärger bekommen." Nach einem kurzen Moment des Schweigens sagte sie: „Wie oft habe ich mir schon überlegt, wie sich das Mädchen in dem Moment gefühlt haben muss. Was sie jeden Morgen für eine Angst gehabt haben muss, in die Schule zu gehen – und das alles wegen uns! Ich hatte Spaß und fand es lustig, gemeinsam mit meinen Freundinnen auf einem anderen jungen Menschen rumzuhacken, während sie tagtäglich von uns schikaniert wurde."

Nina unterbrach sie. „Natürlich hat das Mädchen sich wegen euch schlecht gefühlt, ihr scheint sogar richtige Miststücke gewesen zu sein. Aber," Nina tippte mit dem Zeigefinger auf die Tischplatte, „sie wird es überwunden haben und heute glücklich und zufrieden sein. Aus ihr ist mit Sicherheit keine Serienkillerin geworden, die ihren Frust an anderen Leuten rauslässt, oder?"

„Sie ist nach wie vor in psychologischer Behandlung," sagte Jäger und sah Nina betrübt an. „Ich habe sie vor einiger Zeit in der Stadt getroffen und sie sah alles andere als gut aus."

Sie trank den letzten Rest ihres Wassers mit einem Schluck leer und murmelte: „Wer weiß, was für ein Mensch sie heute sein könnte, wenn ihr nicht jahrelang von anderen wehgetan worden wäre."

Darauf fiel Nina keine Antwort ein, doch Jäger hatte Recht. Die Diskussion, was bei Mördern und Gewalttätern in jungen Jahren falsch gelaufen und wie sie zu solchen Menschen geworden waren, gab es immerhin ebenfalls schon ewig.

Eine Weile saßen beide Frauen still am Tisch, versunken in ihre eigenen Gedanken. Dann stand Jäger auf und zog sich zum wiederholten Mal an diesem Tag ihre Jacke an.

„Morgen Vormittag sprechen wir noch einmal mit Tim Strobinger, ich hole dich ab und wir statten ihm mal einen Besuch ab. Ich habe es nicht vergessen, du feierst morgen Abend deinen Geburtstag, aber ich denke, vorher sollten wir mit dem Jungen sprechen."

„Natürlich," antwortete Nina und dachte mit einem Schaudern erneut an das Video. „Menschen können so grausam sein."

Ihr Boss schnalzte mit der Zunge und hielt ihr die Tür auf. „Morgen finden wir vielleicht raus, ob diese Grausamkeiten aus dem Nerd einen Mörder gemacht haben."

Eine willkommene Ablenkung.

In der vergangenen Nacht hatte sie kaum ein Auge zugemacht und fühlte sich wie erschlagen, als sie am Samstagmorgen aus der U-Bahn ausstieg und Jäger entgegenlief. Die Strobingers wohnten ebenfalls im Stadtteil Hausen, nur ein paar Straßen von Kati Winter entfernt. Nina klingelte und kurz darauf wurde ihnen von einem schmächtigen Mann mit grauem Schnurrbart die Tür geöffnet.

„Was kann ich für Sie tun?" fragte er mit dünner Stimme.

Bis auf den Bart war Tim das Ebenbild seines Vaters und als er um die Ecke kam, verstärkte sich Ninas Eindruck noch einmal.

„Guten Tag Herr Strobinger, Hilbert und Jäger von der Kriminalpolizei Frankfurt. Wir würden gerne einen Augenblick mit Ihrem Sohn sprechen," sagte die Kommissarin und sah dem Jungen dabei direkt in die Augen.

Tim sah schnell zur Seite und schob seinen verwirrt dreinblickenden Vater dann in die Küche. „Kommen Sie rein, wir können in meinem Zimmer reden."

„Tim, ich-" begann Herr Strobinger, doch dieser fuhr ihn unwirsch an. „Alleine!"

Anscheinend war der Mann diesen Tonfall seines Sohnes gewöhnt, denn er blickte kurz zu den beiden Frauen und nickte dann.

„Wenn Sie etwas brauchen oder mit mir sprechen möchten, ich bin in der Küche."

Nina und Jäger gingen hinter Tim die Treppe hinauf und anschließend durch die erste Tür rechts in sein kleines, aber aufgeräumtes Zimmer.

Hier lag alles genau dort, wo es hingehörte und selbst der hellblaue Teppichboden schien blitzsauber zu sein. An den Wänden hingen einige Comicposter und Plakate von Filmen wie *Pulp Fiction*. Ansonsten wirkte das Zimmer, bis auf Bett, Schreibtisch und Kleiderschrank, eher karg eingerichtet.

„Was wollen Sie denn noch?" fragte Tim und setzte sich auf sein gemachtes Bett. Er trug eine dunkle Jeans und ein schwarzes Bandshirt, welches ihm zwei Nummern zu groß zu sein schien.

„Wir haben das Video gesehen," sagte Jäger und setzte sich auf den grauen Drehstuhl an seinem Schreibtisch, während Nina sich mit der Schulter an den braunen Kleiderschrank lehnte.

Der Junge wurde blass und sah betreten zu Boden. „Und, fanden Sie es witzig? So wie alle anderen?"

„Tim, das war eine Straftat! Du wurdest mit einem Messer bedroht und zu sexuellen Handlungen gezwungen, daran ist absolut nichts witzig," entgegnete Nina und schüttelte den Kopf. „Du hättest sie anzeigen können."

„Damit noch mehr Menschen mich für einen Versager halten?" Er lachte verächtlich. „Nein danke."

„Wieso hast du uns auch angelogen und behauptet, dass du Luisa nicht kennst?" fragte Jäger.

„Verstehen Sie das denn wirklich nicht? Dann hätte ich Ihnen von dem Abend erzählen müssen. Und ich will das alles einfach vergessen, ich will meine gesamte Schulzeit so schnell wie möglich vergessen," murmelte er leise. „Das ist nicht das erste Mal, dass ich fertiggemacht wurde und es wird auch nicht das letzte Mal gewesen sein. Außerdem," fügte Tim hinzu, „außerdem kannte ich diese blöde Kuh wirklich nicht. Ich habe sie nur an diesem einen Abend gesehen. Ich wusste nicht einmal, wie sie heißt."

„Dafür warst du vermutlich umso wütender auf Kati, nicht wahr?"

„Natürlich war ich wütend, ich dachte, sie wäre meine Freundin. Aber ich war ihr völlig egal, das habe ich an diesem Abend verstanden. Ich habe nach dieser Party kein einziges Mal mehr mit ihr gesprochen. Und sie ist mir auch aus dem Weg gegangen."

Gerade als Nina etwas erwidern wollte, fragte Jäger: „Wo warst du am Mittwochabend, Tim?"

Er sah die Kommissarin spöttisch an. „Ist das Ihr Ernst? Ich bin hier das Opfer von monatelangem Mobbing und Sie fragen mich, ob ich als Täter in Frage komme?"

„Manchmal ist dieser Übergang leider mehr als fließend," entgegnete Jäger und sah ihn abwartend an.

Frustriert schüttelte der Schüler den Kopf. „Ich war zu Hause, aber allein. Mein Vater hatte Spätschicht. Das ist jetzt wohl blöd für mich, oder?"

„Nein, keine Sorge. Das ist eine absolute Routinefrage," log Nina und sah zu Jäger an den Schreibtisch. „Noch wird hier niemand offiziell verdächtigt. Aber wir werden mit der Schule über dieses Video sprechen, Tim. Das ist absolut keine Lappalie."

„Dann weiß ich ja, was mich am Montag erwartet, besten Dank an Sie," antwortete er und stand auf. „Wenn das alles war, würden Sie dann bitte gehen? Ich habe Kati nichts getan und dieser blonden Tussi auch nicht. Aber wenn ich mir einen Anwalt nehmen muss, sagen Sie es mir."

Nachdem die beiden Polizistinnen sich von ihm verabschiedet hatten, standen sie einen Moment lang unschlüssig vor dem Haus. „Was denkst du?" fragte Nina zweifelnd, „war er es?"

„Ich habe auf jeden Fall ein ungutes Gefühl," antwortete Jäger und blickte zu seinem Fenster im ersten Stock hinauf, wo nun demonstrativ der Rollladen heruntergezogen wurde. „Der Junge ist kaputt und hat eine Menge, teilweise verständlicher, Wut im Bauch."

„Mir tut er wahnsinnig leid," sagte Nina. „Auf diese Schule zu gehen, das muss für ihn der Horror sein." Sie kratzte sich am Kopf. „Trotzdem traue ich es ihm nicht zu. Natürlich ist er völlig fertig, aber er wirkt trotz allem so, als wolle er einfach nur mit all dem abschließen. Ich fasse das alles einfach nicht."

„Schätzchen, du hast jetzt frei," unterbrach Jäger sie und blickte auf die Uhr. „Ich treffe mich mit Winkmann und gehe die Videoaufnahmen von der Kaiserstraße durch, auch, wenn ich kaum glaube, dort etwas erkennen zu können. Danach will Jeschke mich sehen." Bei dem Gedanken an den dicken und leicht reizbaren Polizeichef verdrehte sie die Augen. „Die Medien spielen verrückt und machen ihm wohl Feuer unterm Hintern, daher will er die neuesten Informationen, obwohl er genau weiß, dass wir nichts haben."

„Soll ich nicht doch mitkommen?" Nina sah sie prüfend an. „Mir ist ohnehin nicht wirklich nach Feiern zumute."

„Kommt gar nicht in Frage! Du musst mal abschalten, gerade, weil es dein erster richtiger Fall ist. Falls etwas ist, melde ich mich bei dir. Die nächsten Tage werden anstrengend genug, wir glauben ja wohl beide nicht, dass der Typ mit seinen Misshandlungen fertig ist. Aber für heute lässt du das mal die Sorgen deiner Chefin sein."

Sie klopfte Nina auf die Schulter und ging zu ihrem Auto. „Viel Spaß und trink nicht zu viel!"

Ein paar Stunden später musste Nina zum gefühlt hundertsten Mal daran denken, ob es richtig gewesen war, heute nicht mit zu Jeschke zu gehen. Es war ein aktueller Fall, ein Mädchen war tot und ein anderes wurde irgendwo in den Niederlanden zusammengeflickt. Nachdem sie kurz mit Jens telefoniert hatte, wurde sie immerhin etwas entspannter.

„Mädchen, heute Abend hast du dir das Feiern mal verdient! Mensch, da fängst du als absoluter Frischling an und landest direkt bei so einem Fall, unglaublich! Selbst hier oben sind die Nachrichten voll davon, ich weiß durch die Medien beinahe mehr über Frankfurt, als von dir, das gibt es doch nicht!"

Sie lachte. „Dann wird es wohl Zeit, dass Heike und du mich endlich besuchen kommt!"

„Bevor wir das nächste Mal über Frankfurt fliegen, stehen wir bei dir vor der Tür, versprochen. Morgen kommt deine Mutter, richtig?"

„Ja," sagte Nina und dachte einen Moment nach. „Ich bekomme doch das Auto von ihr, danach fliegt sie von hier weiter nach Genf. Ich bin so froh, dass sie es mir überlässt, dann kann ich den Mörder endlich auf vier Rädern jagen, statt auf Gleisen."

Die beiden lachten und Jens bat sie, in ein paar Tagen erneut anzurufen. „Halt mich bitte, soweit du es darfst, auf dem Laufenden. Und wenn du meinen Rat brauchst, ruf mich jederzeit an. Ich bin gespannt wie ein Flitzebogen, das weckt Erinnerungen an meine Verbrecherjagden."

Etwa eine Stunde später trudelten die ersten Gäste ein. Juli kam gemeinsam mit zwei Mädchen aus ihrem Studiengang und fiel ihr schon an der Tür um den Hals. „Endlich! Eine Woche ist viel zu lang, mein Schatz! Ich hab' dich vermisst."

Sie drückte ihr einen Kuss auf die Wange und sagte: „Tanja und Nele kennst du ja, die beiden haben unterwegs dein halbes Geschenk leergetrunken." Juli verdrehte die Augen und hielt eine nicht mehr ganz volle Flasche Wodka in die Höhe, während ihre beiden Freundinnen Nina umarmten.

„Happy Birthday, Schätzchen," quiekte Nele und drückte Nina dabei fest.

„Naja, es ist ja erst in drei Stunden soweit," ächzte sie und sah Juli hilfesuchend an. In diesem Moment klingelte es erneut und Sandra, Ninas Kollegin vom Drogendezernat, kam gemeinsam mit Carsten und Alice herein. Das Pärchen hatte Juli bei ihrem Praktikum am Flughafen kennengelernt und gemeinsam mit ihnen hatten Nina und sie schon ein paar Mal unvergessliche Abende verbracht. Als letztes betrat Niklas die Wohnung, er war Alice Bruder und hatte es mehrmals übernommen, die vier hemmungslos betrunken irgendwo abzuholen.

Nina grinste Juli dankbar an. Sie hatte frühzeitig Bescheid gesagt, dass sie an diesem Abend keinen Singlemann dabeihaben wollte und absolut nicht in der Stimmung für irgendwelche Verkupplungsversuche ihrer Freundin war.

Carsten war der Ehemann von Alice und ihr Bruder Niklas war schwul, also stand einem platonischen Abend mit ihren männlichen Gästen nichts im Wege.

Nach einiger Zeit, in der die Stimmung bereits feuchtfröhlich geworden war, beschloss die Gruppe, von Ninas Wohnung in die Sachsenhäuser Altstadt weiterzuziehen. Sie genoss es und war froh, den freien Abend angenommen zu haben. Der Alkohol floss in rauen Mengen und schnell war sie in bester Stimmung.

„Stimmt es, dass du an dem Ripper-Fall arbeitest?" fragte Tanja lauthals und nippte an ihrem Cocktail. „Juli hat gesagt, du und deine Kollegin, ihr seid dem Typen schon auf den Fersen?"

Nina sah ihre beste Freundin rügend an und diese spielte verlegen mit ihrem Strohhalm. „Es tut mir leid, aber so etwas kann man nicht alle Tage von seiner Freundin behaupten! Ich habe gesagt, dass du fast nur im Präsidium bist und dass ihr dieses Arschloch bestimmt bald zu fassen bekommt. Glaub mir, ich habe dich in den höchsten Tönen gelobt und versichert, dass niemand Angst vor etwas haben muss, wenn meine beste Freundin an der Verbrecherjagd beteiligt ist!"

„Also erst einmal würde ich ihn nicht als Ripper bezeichnen," begann Nina und wurde sofort von Nele unterbrochen. „Das heißt, wir müssen uns keine Gedanken machen, entführt zu werden und irgendetwas abgeschnitten zu bekommen? Kannten die beiden Mädchen sich doch? Dann sind wir ja wohl aus dem Schneider!"

Ehe sie die Frage beantworten konnte, hatte Nele sich bereits umgedreht und trällerte lauthals mit, als *Summer of 69* von Bryan Adams aus den Boxen ertönte.

Nina schüttelte lachend den Kopf und prostete Juli zu. „So leicht beruhigt man die Bevölkerung!"

Die beiden grinsten sich an und ihre beste Freundin drückte ihre Hand. „Ich weiß, dass ihr Profis alles im Griff habt. Aber trotzdem will ich, dass du auf dich aufpasst! So oft sitze ich in der Uni und denke darüber nach, ob es dir gut geht oder ob du gerade mit einer Waffe bedroht wirst." Traurig sah sie Nina an. „Du weißt, dass du über alles mit mir reden kannst, wenn du mit irgendetwas auf der Arbeit nicht fertig wirst?"

Nina drückte Juli ganz fest und erwiderte: „Was würde ich nur ohne dich machen? Ja Schätzchen, wenn ich nicht mehr kann, dann wende ich mich als Erstes an dich!"

Die Gruppe feierte ausgelassen weiter, um Mitternacht sang die gesamte Bar ein Ständchen für Nina und wildfremde Menschen prosteten ihr zu. Sie war froh, einfach an absolut gar nichts denken zu müssen und besonders mit Niklas verstand sie sich blendend. Es war immer wieder interessant, sich mit jemandem auszutauschen, der absolut nicht auf Frauen stand und der, genau wie sie selbst, bereits die merkwürdigsten Dinge mit Männern erlebt hatte.

Als sie mit ihm vor der Bar eine Zigarette rauchte, umringt von zahlreichen Leuten, die für Junggesellenabschiede nach Sachsenhausen gekommen waren, tippte ihr plötzlich jemand auf die Schulter. Nina drehte sich um und sah in das Gesicht einer hübschen, schwarzhaarigen Frau, die ihr grinsend zuprostete.

„Guten Abend, Frau Hilbert!"

Die Versuchung.

Lächelnd blickte Nina Yvonne Löbig, die junge Vertrauenslehrerin der Adalbertschule, an. „Hallo, das ist ja ein Zufall!"

„Eigentlich nicht," lachte die Frau, die Nina auf Ende Zwanzig schätzte. „Daniel und ich gehen regelmäßig hierher, zusammen mit noch einem Kollegen. Wir versuchen, es etwa einmal im Monat zu schaffen. Irgendwann muss man ja auch einmal abschalten vom Schulalltag."

Sie deutete auf zwei Männer, die ein paar Meter entfernt von ihnen standen. Nina erkannte Daniel Felshart, der nun um Einiges lässiger aussah, als am Vortag in der Schule. Die schwarze Lederjacke stand ihm bestens und das weiße Shirt, das er darunter trug, betonte seine schmale, aber durchtrainierte Figur. Neben ihm stand ein etwas älterer Kollege mit dünner Brille und schwarzen Haaren, den Yvonne Löbig als Fabian Heinz vorstellte, nachdem die Männer zu ihnen gekommen waren.

„Sie müssen wohl auch etwas abschalten und nutzen die partywütige Menge dafür, nicht wahr?" lächelte Felshart und sah Nina mit hochgezogenen Augenbrauen an. „Die Situation in der Schule ist einfach schrecklich, wir kommen aktuell kaum an die Schüler heran. Es fühlt sich an, als hätten diejenigen von ihnen, die Kati kannten, eine meterhohe Mauer um sich herumgezogen."

Seine Kollegin nickte zustimmend. „Wir können nicht mehr machen, als ihnen permanent unsere Gesprächsbereitschaft zu zeigen. Aber momentan will das wirklich keiner wahrnehmen." Sie seufzte. „Gibt es denn schon irgendetwas Neues?"

Obwohl Nina angetrunken war, schaffte sie es, das furchtbare Video unerwähnt zu lassen. „Nein, wir ermitteln nach wie vor in alle Richtungen, aber wirkliche Anhaltspunkte fehlen uns noch. Wir werden am Montag mit Sicherheit noch einmal bei Ihnen in der Schule vorbeikommen."

Während die drei Lehrer nickten, war sie wirklich stolz auf sich und dachte, dass Jäger sie für ihre Wortwahl mit Sicherheit gelobt hätte. Die Information, was in den letzten Monaten hinter dem Rücken der Lehrer so alles passiert war, war eindeutig kein gutes Gesprächsthema.

„Kommt, ich bestelle noch eine Runde," meinte Fabian Heinz, „ist Bier in Ordnung?"

Nachdem Nina die drei Lehrer der Adalbertschule mit ihrer Gruppe bekannt gemacht hatte, stießen sie alle mit ihren Gläsern an. Ihr entging nicht, dass Juli sich auffallend nah an Fabian Heinz gesetzt hatte, der sich nervös am Hals kratzte.

„Manchmal stehe ich auf Nerds," raunte sie Nina kichernd zu und begann, mit einer dicken Strähne ihres Haares zu spielen.

„Ich bin gleich wieder da," flötete Yvonne Löbig und drückte sowohl Daniel, als auch der überraschten Nina, einen Kuss auf die Wange, ehe sie in Richtung der Toiletten verschwand.

„Sind Sie beide –" richtete sie die Frage an Felshart, doch er unterbrach sie sofort.

„Yvonne und ich? Oh nein," er lachte. „Nicht, dass ich es noch nicht versucht hätte. Aber ich glaube, sie fühlt sich mehr zu anderen Dingen hingezogen."

Als Nina ihn verständnislos anstarrte, deutete er auf sie und meinte: „Sie ist bisexuell, aber ich vermute, momentan steht sie mehr auf Frauen, als auf Männer."

In diesem Moment kam Löbig zurück und setzte sich neben Nina auf den Barhocker. Diese starrte auf die Hand der Lehrerin, welche sie auf ihr Bein gelegt hatte und sah aus dem Augenwinkel, wie Daniel Felshart kicherte.

Nachdem Nina es geschafft hatte, die sichtlich angetrunkene Lehrerin auf Nele anzusetzen, die offen zugab, immer bereit für etwas Neues zu sein, atmete sie erleichtert auf.

„Du bist wohl nicht an Frauen interessiert?" lachte Felshart, anscheinend erleichtert. „Ist es in Ordnung, wenn ich ‚Du' sage?"

„Natürlich. Nina," meinte sie und prostete ihm grinsend zu. „Und ehrlich gesagt habe ich keine Ahnung. Ich habe natürlich schon Frauen geküsst, aber ich glaube, das was deine Kollegin sucht, geht eindeutig darüber hinaus."

„Das könnte sein. Daniel," sagte er und zeigte auf sich selbst. „Aus dem Grund halte ich mich auch zurück. Yvonne ist toll, aber eine Abfuhr würde mein Ego aktuell nicht verkraften."

„So wie du aussiehst? Als Sportlehrer?" Nina musterte ihn. „Ich glaube dir kein Wort, du bist garantiert alles andere als schüchtern."

Während beide sich anlächelten, versuchte Nina, ihr betrunkenes Ich unter Kontrolle zu halten. Daniel war Lehrer an Kati Winters Schule und somit in diesen Fall involviert. Sie musste unbedingt die Hände von ihm lassen.

„Süße, mir geht's nicht so gut," murmelte eine ebenfalls alles andere als nüchterne Juli und stützte sich zwischen ihnen auf den Tisch. „Ich hoffe, ich versaue dir gerade nichts, aber können wir vielleicht gehen?"

Nina sah auf die Uhr, es war viertel nach zwei. Sie wäre gerne noch ein bisschen geblieben, allerdings hatte sie selbst eindeutig genug getrunken. Außerdem war es, aufgrund des Freundinnen Kodex, absolut selbstverständlich, Juli in ihre Wohnung zu bringen.

„Soll ich euch noch ein Stück begleiten?" fragte Daniel und stand auf. „Wohin müsst ihr denn?"

„Das ist wirklich nicht nötig, ich wohne nur ein paar Minuten von hier entfernt" beeilte Nina sich zu sagen, doch er hatte seine Lederjacke bereits übergezogen.

„Ich kann jederzeit wieder zurück," lächelte der junge Lehrer und deutete nach links. „Außerdem sind sowohl Yvonne, als auch Fabian, offensichtlich beschäftigt."

Yvonne Löbig saß kichernd auf Neles Schoß und schien alles um sich herum vergessen zu haben. Ihr Kollege lehnte mit seinem Stuhl an der Wand und schlief offenbar tief und fest. Herrje, wie viel hatten er und Juli denn getrunken?!

„In Ordnung, dann bringen wir dich mal nach Hause," lallte Nina, die den Alkohol plötzlich auch immens spürte, leerte ihr letztes Glas Bier mit nur einem Schluck und hakte sich bei ihrer besten Freundin und Daniel ein. Sie winkte allen anderen zu und bedankte sich nochmal, dass sie zu ihrem Geburtstag gekommen waren, dann verließen die drei gemeinsam die stickige, restlos überfüllte Bar.

Draußen kam ihnen ein kalter Wind entgegen und die Pflastersteine unter Ninas Füßen bewegten sich verdächtig von links nach rechts.

„Tut mir leid, ich bin auch nicht mehr ganz nüchtern," kicherte Nina und hielt sich etwas mehr an Daniels Arm fest, während sie versuchte, Juli zu ihrer Rechten zu stützen.

„Das passiert hier leider öfter," lachte er und legte ihr den Arm um die Taille. „Wo müssen wir lang?"

Nach nur wenigen Minuten hatten sie die Schifferstraße erreicht und blieben einige Meter vor Ninas Haustür stehen.

„Also dann, ich hoffe, ihr beide habt noch einen schönen Abend." Daniel sah sie verlegen an und steckte seine Hände in die Hosentaschen. „Vielleicht finden wir ja irgendwann gemeinsam heraus, wie schüchtern ich in Wirklichkeit bin."

Gerade als Nina antworten wollte, wurde sie von einer leisen Stimme unterbrochen.

„Nina?"

Daniel und sie drehten sich um und blickten Ben direkt ins Gesicht. Er stand dort, mitten auf dem Gehweg, seinen warmen Mantel zugezogen und offenbar genervt, da er bereits eine Weile in der Kälte stand. Er musterte Daniel von oben bis unten, dann wandte er sich an Nina. „Können wir kurz reden?"

Juli fasste ihr an die Schulter, schielte zu allen dreien nach oben und murmelte. „Gib mir bitte deinen Schlüssel, Süße. Ich muss schonmal ins Bett!" Als sie ihn ihr reichte, ergriff Daniel das Wort, nachdem er Ben ebenfalls abschätzend angesehen hatte.

„Also, es war ein sehr schöner Abend, Nina. Bis bald!" Er gab ihr einen Kuss auf die Wange, nickte Ben dann provokant zu und ging an ihm vorbei, zurück in Richtung der Bars und Kneipen.

„Was willst du hier?" fragte Nina und verdrehte die Augen. Die beiden standen allein auf dem Bürgersteig und nachdem er sie einen Moment starr angeblickt hatte, sagte er: „Happy Birthday!"

„Du kommst hierher, nur um mir zu gratulieren?" Sie versuchte, ihn so skeptisch wie möglich anzusehen und merkte, dass es nicht wirklich funktionierte.

„Du hast nicht auf meine Nachricht reagiert, was hätte ich also tun sollen?" fragte er und steckte abwartend die Hände in seine Manteltaschen.

„Vielleicht hättest du verstehen können, dass ich dir nicht antworten möchte?" antwortete Nina und merkte, dass sie bereits leichte

Probleme hatte, die Wörter korrekt auszusprechen. Sie hatte zu viel getrunken und ihr Zustand verstärkte ihre Wut auf Ben noch zusätzlich. „Was willst du von mir Ben? Du hast eine Frau, geh zu ihr nach Hause!"

„Ich will nicht zu ihr, Nina! Ich kann an nichts anderes mehr denken, seit ich deine Wohnung verlassen habe. Und als du aus meinem Büro abgehauen bist, wäre ich dir am liebsten hinterhergelaufen."

Er wollte sie am Arm berühren, doch sie wankte einen Schritt nach hinten. Dabei sah sie in seine grünen Augen und hasste sich selbst dafür, dass sie diesen Mann noch immer so anziehend fand.

„Geht es dir denn anders? Fandst du unsere Nacht nicht wunderschön?" Er schaffte es, ihre Hand zu nehmen und sagte leise: „Ich will nur, dass du weißt, wie viel du mir bedeutest. Du bist betrunken und ich akzeptiere, wenn ich mich wirklich von dir fernhalten soll. Lass mich dich wenigstens sicher an die Haustür bringen, dann verschwinde ich und werde versuchen, dir möglichst wenig über den Weg zu laufen."

Sie wusste, dass es falsch war. Sie wusste, dass sie es nicht tun sollte, doch die Art und Weise, wie er sie ansah, seine Hand um ihre gelegt, tat ihr übriges. Sie packte den Kragen seiner Jacke und zog sein Gesicht zu ihrem hinunter. Stürmisch küsste sie ihn und wurde ebenfalls von ihm noch näher an sich gezogen.

Ben presste sie an die Hauswand und krallte sich an ihre Hüften, dabei stöhnte er ihr ins Ohr, dass er sie einfach nicht vergessen könne.

Eine Gruppe feiernder Leute ging an ihnen vorbei, einige johlten und mahnten sie an, es nicht mitten auf dem Gehweg zu treiben. Daraufhin schob er sie einige Meter weiter in einen dunklen Seiteneingang und griff ihr in die Hose. Als er ihr diese herunterzog und sie umdrehte, wurde sie mit dem Gesicht an die kalte, harte Hauswand gedrückt.

Scheiße, was mache ich hier, dachte sie und merkte, wie er hinter ihr an seiner Hose herumfummelte. Sie war in der Stimmung für einen schnellen Quickie und betrunken genug war sie ohnehin. Doch trotz ihres Pegels wusste sie, dass sie nicht mehr für ihn werden konnte, als die Frau, die sich nachts von ihm in einer dunklen Ecke vögeln lassen würde. Egal, wie sehr er versuchte, es sich einzureden, sie würde immer die Schlampe bleiben, mit der es mehr Spaß machte, als mit seiner Frau. Sie drückte sich von der Hauswand weg und zog ihre Hose ungelenk wieder nach oben.

„Es geht einfach nicht. Ich kann das nicht nochmal," lallte Nina und presste sich an ihm vorbei. „Diese Nacht ist niemals passiert und ich bin dir, außer in deinem Büro, niemals begegnet."

„Bist du dir ganz sicher, dass wir keine Chance haben?" fragte er und sah traurig auf sie hinab. Ohne ein weiteres Wort zu sagen, drehte sie sich um und wankte auf ihre Haustür zu. Nach ein paar Metern blieb sie stehen und übergab sich mitten auf die Straße.

„Nina, kann ich etwas tun?" rief er von hinten, doch sie drehte sich um, wischte mit der Hand über ihren Mund und sagte: „Geh weg, Ben. Geh einfach weg."

Erfolg oder Rückschlag?

Diese dämliche Schlampe war gestorben. Er konnte es immer noch nicht fassen. Was fiel dem Miststück ein, seinen Plan zu durchkreuzen?!

Wütend trat er einen Stuhl zur Seite und warf mit einer Handbewegung alles von seinem Schreibtisch herunter.

„Alles in Ordnung?" ertönte eine besorgte Stimme von unten.

„Ja ja, alles gut," gab er unwirsch zurück und setzte sich auf sein Bett. Genervt starrte er die gegenüberliegende Wand an. So hätte das nicht laufen sollen.

Woher hätte er wissen sollen, dass ihr Herz, ihre Lunge oder was auch immer, einfach aufgeben würde? Was für ein Schwächling war sie bitteschön? Er lachte spöttisch. Vor den anderen hatte sie auf stark und kämpferisch gemacht, doch kaum wurde es ernst, verabschiedete sich dieses feige Ding und starb, anstatt von nun an mit den Konsequenzen ihres Handelns zu leben.

Er sah auf die Uhr. Es war Sonntagmorgen, kurz nach 8. Im Haus war es ruhig, bis auf ein gelegentliches Klappern aus der Küche. Eigentlich hatte er heute Abend eine weitere Person bestrafen wollen, doch der Tod von Kati Winter war ein Rückschlag gewesen. Vermutlich war er heute zu frustriert, beinah könnte man sagen, zu unkonzentriert, um Gerechtigkeit walten lassen zu können.

Seit diese blöde Kuh vor seinen Augen plötzlich krepiert war, verspürte er immer wieder diese nervöse Unruhe, die ihm in regelmäßigen Abständen die Kehle zuschnürte. Er hatte sich so sehr auf die Glückseligkeit, die Euphorie, nach seiner Tat gefreut, doch genau das Gegenteil war der Fall. Ein Mörder hatte er nicht werden wollen.

Er hatte ihre Leiche beschimpft und hätte am liebsten auf dieses schwache Ding gespuckt. Als er sie in den Niddapark gefahren hatte, war es schwer für ihn gewesen, nicht einfach einen der Äste zu schnappen und nochmals auf sie einzudreschen. Niemand würde sie nun mit einem künstlichen Auge und vermutlicher Narbe um dieses herum erblicken können. Niemand würde sie fragen, wie das denn passiert war. Und niemand würde den wahren Grund erfahren, warum ihr als Strafe ein Auge genommen worden war. Genau das war aber doch sein Ziel gewesen!

Du hast versagt, rügte ihn die Stimme in seinem Kopf.

„Du hast verdammt nochmal versagt," zischte er leise und schlug sich mehrmals gegen den Kopf.

Andererseits war auch das Ableben von Kati Winter als eine Art Strafe zu sehen, dachte er plötzlich. Auch wenn diese vollkommen anders geplant gewesen war, hatte er ihr doch die Chance genommen, unbehelligt weiterzuleben. Ihre Eltern, die diese Brut großgezogen hatten, litten vermutlich wie verrückt und Kati würde niemals die Möglichkeit haben, selbst kleine Mitläufer zu bekommen, die bei Straftaten zusahen und es genossen, ein Teil der Menge zu sein.

„Ich hoffe, du verrottest in der Hölle, du kraftloses Stück Dreck," murmelte er leise und musste beinah grinsen. „Dank dir weiß ich nun wenigstens darüber Bescheid, wie Heroin richtig zu dosieren ist."

Beim nächsten Mal würde er auf Drogen verzichten. Er würde es ganz klassisch mit Fesseln probieren und feststellen, ob diese Methode nicht vielleicht sogar spannender war. Ein waches und panisches Arschloch war unter Umständen sogar besser zu bestrafen, als eines, das nur weinend und betäubt zu ihm emporstarrte.

Er streckte sich und beschloss, heute immerhin schon einmal alles für sein weiteres Vorhaben zu organisieren, welches er einfach um einen Tag verschieben würde. Manchmal war Vorfreude doch die schönste Freude.

Eine kurze Auszeit.

Sie erwachte und wunderte sich im ersten Moment, wo sie eigentlich war. Ein fremdes Bein lag quer über ihrem eigenen, verwirrt schob sie es mit dem Fuß zur Seite.

„Hey, was machst du?" murmelte eine schlaftrunkene Juli zu ihrer Linken und Nina musste grinsen.

„Guten Morgen, Sonnenschein," sagte sie und streckte sich in ihrem Bett, sodass ihre beste Freundin beinah herausfiel.

„Ich trinke nie wieder," murmelte diese und hielt sich den Kopf. Plötzlich setzte sie sich hin und zog die Stirn in Falten. „Wieso verdammt nochmal weiß ich nichts von diesem heißen Typen, der dich gestern abgefangen hat? Wer zum Teufel ist das?"

Seufzend ließ Nina sich auf ihr Kissen sinken und rückte Juli ein Stück. „Niemand. Ein Fehler, den ich gemacht habe und der sich nicht wiederholen wird."

Sie berichtete ihr von Ben und der gemeinsamen Nacht. Ihre beste Freundin wollte alles ganz genau wissen und jedes schmutzige Detail erfahren. Schließlich sagte sie tadelnd: „Ich bin schwer enttäuscht von dir."

„Ich weiß," antwortete Nina leise. „Vergebene Typen sollten tabu sein."

„Nicht deshalb!" unterbrach Juli sie. „Das Ganze ist vor fünf Tagen passiert. Du sagst, es wäre der beste Sex deines Lebens gewesen, du könntest diesen Ben nicht vergessen. Und du erzählst mir erst jetzt davon?!"

„Es tut mir leid" antwortete Nina und kuschelte sich an sie. „Ich war selbst so durch den Wind und als ich dann noch erfahren habe, dass der Typ Staatsanwalt und so etwas wie mein Boss ist, da habe ich einfach erstmal den Kopf in den Sand gesteckt."

„Ich denke, du hast absolut richtig gehandelt, Süße. Die Schwärmerei mag noch so stark sein, aber du bist und bleibst diejenige, die sich in eine Ehe eingemischt hat. Wären die beiden schon getrennt, dann wäre es etwas völlig anderes. Aber seine Frau scheint ja noch immer auf Wolke Sieben zu schweben und keine Ahnung zu haben, wie unglücklich ihr Mann ist. Dieser Ben wird nicht so blöd sein, das gemachte Nest zu verlassen."

Sie tätschelte Nina den Kopf. „Du bist mehr Wert, als nur die Affäre zu sein. Vergiss diesen offenbar in seiner Ehe gelangweilten Kerl und leb dein Leben, wir kommen doch auch ohne Männer super zurecht!"

Nina lächelte. Wie Recht Juli doch hatte. Wieso sollte sie sich auf etwas einlassen, was von vornerein zum Scheitern verurteilt war?

„Im schlimmsten Fall schnappe ich mir den süßen Lehrer," lachte sie und nachdem Juli ihr zugestimmt hatte, krabbelten die beiden aus dem Bett. Sie frühstückten in aller Ruhe und nachdem ihre beste Freundin sich verabschiedet hatte, griff Nina nach dem Geschenk ihres Vaters, das noch immer im Regal lag.

Als sie das Geschenkpapier entfernte, kam eine riesige Packung ihrer spanischen Lieblingsschokolade, ein Kuvert mit Geld und ein pinkes Kissen hervor, auf dem ein Foto abgedruckt war. Es zeigte ihren Vater, seine Frau und sie beim Sonnenuntergang am Strand von Benalmadena, aufgenommen worden war es im vergangenen Sommer. Darunter stand in geschnörkelter Schrift ‚Familia'.

Sie freute sich wirklich und beschloss, ihn gleich anzurufen. Während dem Telefonat platzierte sie das Kissen auf ihrer Wohnzimmercouch und versicherte ihrem Papa gefühlte zweihundert Mal, dass es ihr wirklich gut ging.

Als es vor dem Haus hupte, verabschiedete sie sich von ihm und legte auf. Aus dem Wohnzimmerfenster herausblickend, konnte sie ihren grauen Audi erkennen, der an der Straße geparkt hatte. Sie schlüpfte eilig in ihre Schuhe und flitzte die Treppe herunter.

„Hallo meine Süße, alles Gute zum Geburtstag," flötete ihre Mutter und stieg mit ihren High Heels zuerst aus dem Auto. „Ich hoffe, du hattest einen wunderschönen Morgen! Hier siehst du dein Geburtstagsgeschenk, ich hoffe, das gute Stück bringt dich immer sicher ans Ziel!" Lächelnd hielt sie ihr die Autoschlüssel entgegen.

Erfreut begutachtete Nina das Auto, welches nun ihr gehören würde, umarmte Daniela und bemerkte, dass sie schon wieder dünner geworden zu sein schien. „Du musst mehr essen, Mama!"

Die schlanke Frau lachte. „Sagen so etwas nicht eigentlich Mütter zu ihren Kindern? Ich bin absolut im Stress, aber wenn du mich auf eine Tasse Kaffee hochbittest, dann nehme ich das sehr gerne an."

Sie hakte sich bei ihrer Tochter ein und gemeinsam liefen sie in den dritten Stock. Während Nina neue Kaffeebohnen in ihren Automaten schüttete, hörte sie aus dem Wohnzimmer, wie ihre Mutter ein abfälliges Geräusch von sich gab.

„Wie rührselig," meinte sie, als ihre Tochter mit zwei Tassen in der Hand ins Zimmer trat. Daniela deutete auf das Geburtstagsgeschenk aus Spanien. „Das ist typisch für deinen Vater, hat er es auch noch mit Parfüm eingesprüht?"

„Mama," mahnte Nina und hob spielerisch den Finger. „Hör auf damit, oder willst du mich Scheidungskind noch mehr traumatisieren?"

Daniela schüttelte lachend den Kopf und beide Frauen setzten sich an den weißen, schmalen Esstisch. Nina hatte die Haarfarbe ihrer Mutter geerbt, nur dass diese sich immer heller färben ließ. Die blauen Augen blickten stets forschend durch die Gegend, ihr entging absolut nichts.

„Bist du glücklich hier?" wollte sie von Nina wissen und trank vorsichtig einen Schluck, ohne ihren pinken Lippenstift zu verwischen. Typisch Mama.

„Soweit ist alles okay," antwortete Nina und trank ebenfalls aus ihrer Tasse. Sie wusste, dass dies eine Antwort war, die Daniela zufrieden stellen würde. Sie war niemand, der nachhakte. Sie war es gewöhnt, dass ihre Tochter ihre Angelegenheiten regelte und hatte natürlich selbst tausend verschiedene Dinge im Kopf.

Im Prinzip war es eine unausgesprochene Abmachung zwischen Mutter und Tochter. Daniela wurde von ihr nur dann mit Dingen behelligt, wenn sie wirklich, wirklich wichtig waren.

Sie unterhielten sich über jede Menge Klatsch und Tratsch aus Hamburg, über Danielas Arbeit und sprachen auch kurz über den aktuellen Fall. Es war jedoch deutlich spürbar, dass ihre Mutter in Gedanken bereits bei der Konferenz in Genf war und nach einer Weile sagte sie:

„So meine Süße, ich bestelle mir jetzt ein Taxi, dann musst du mich nicht extra zum Flughafen fahren. Kommst du über Weihnachten nach Hause? Oder wenigstens an Silvester?"

Nina versprach ihrer Mutter, sofort Bescheid zu sagen, wenn sie mehr zu ihren Plänen sagen konnte und verabschiedete sie mit einem Kuss auf die Wange.

Als sie allein in der Wohnung war, wurde ihr erneut klar, dass ihre Mutter mehr wie eine ältere Freundin für sie war. Aber hey, das war in Ordnung. Wenn es hart auf hart kam, konnte Nina sich auf sie verlassen. Warum also traurig darüber sein, dass sie niemanden hatte, der sie von vorne bis hinten bemutterte? Das würde sie wahrscheinlich nach einer Weile sogar schrecklich nerven.

Ihr Blick fiel auf die Autoschlüssel und sie beschloss, eine erste Tour mit ihrem Audi zu machen. Sie verließ ihre Wohnung, setzte sich hinters Steuer und fuhr ziellos, mit laut aufgedrehtem Radio, in Richtung Wiesbaden. Dort angekommen entschied sie, zu einem altbekannten Ort zu fahren.

Am Kurpark angekommen, suchte sie einen Parkplatz und sah an sich hinunter. Wie gut, dass sie nach wie vor ihre graue Trainingshose anhatte. Durch nichts bekam sie besser einen klaren Kopf, als durch Sport. Da ihr Karatetraining in den letzten Wochen eindeutig zu kurz gekommen war, beschloss sie, stattdessen einige Runden im Kurpark zu joggen.

Während ihrer Studienzeit war sie hier oft gemeinsam mit einigen anderen Mädchen laufen gewesen. Nina dachte daran zurück und fühlte sich plötzlich so, als sei sie mit einem lauten Knall in der Realität gelandet.

Sie war nun nicht mehr die junge Frau, die all das Böse fast ausschließlich in der Theorie behandelte. Sie war diejenige, die aktiv dabei half, ein absolutes Monster aufzuhalten und sie spürte den Druck, der durch diese Aufgabe hervorgerufen wurde, beinah körperlich.

Sie lief und lief, doch nach einer Weile machte sich die vergangene Nacht bemerkbar. Wahrscheinlich hatte sie noch immer Restalkohol im Blut, denn sie war völlig außer Puste.

Ehe sie zurück zu ihrem Auto ging, das ihr bereits jetzt ans Herz gewachsen war, machte sie einen Abstecher zu einem kleinen Café in der Nähe des Parks. Hier gab es den leckersten Latte Macchiato, den Nina jemals getrunken hatte und nachdem sie sich erschöpft auf den Fahrersitz hatte fallen lassen, genoss sie ihn bei offenem Fenster und leiser Reggae Musik.

Auf der Autobahn zurück nach Frankfurt klingelte Ninas Handy auf dem Beifahrersitz und sie merkte, dass sie die Freisprecheinrichtung noch nicht eingestellt hatte. Stöhnend versuchte sie, an ihr Telefon zu kommen und schaffte es nach einigen Versuchen. Sie schaltete den Lautsprecher an und sogleich tönte Ricarda Jägers kraftvolle Stimme aus Ninas Handy.

„Happy Birthday und alles Gute zum Geburtstag, Partner!" sagte sie, „ich hoffe, du bist nicht mehr im Koma!"

„Vielen Dank!" rief Nina fröhlich in ihr Handy. „Nein, ich bin topfit und gerade dabei, mein Auto einzuweihen."

„Na das ist doch perfekt, wo bist du gerade? Ich habe von Vincent Uhlands Vater gehört, dass das gesamte Fußballteam um 16 Uhr zurück in Frankfurt ist. Sie kommen mit dem Bus am Hauptbahnhof an. Willst du mich abholen? Dann schauen wir mal, was die Fußballstars von morgen zu ihrem unglaublich grandiosen Sozialverhalten zu sagen haben."

Nina sah auf die Uhr. „Kein Problem, ich hole dich ab. Wo muss ich hinkommen?"

Jäger nannte ihr die Adresse und kurze Zeit später hielt Nina vor einem Reihenhaus in Frankfurt Zeilsheim. Der kleine Stadtteil war der westlichste Zipfel Frankfurts und als ehemalige Arbeiterkolonie geprägt von zahlreichen kleinen Backsteinhäusern mit mehr oder weniger hübschen Vorgärten. Jäger stand bereits vor ihrer akkurat geschnittenen Hecke und winkte.

„Mein Zuhause," sagte sie beim Einsteigen und zeigte auf das Haus mit seinen grünen Fensterläden. „Klein aber fein." Sie drehte sich zu Nina und umarmte sie. „Ich wünsche dir noch einmal persönlich alles, alles Liebe. Hoffentlich war dein Abend besser als meiner."

Nina sah sie fragend an. „Was war los?

„Jeschke war los," antwortete die Kommissarin und tat, als würde sie sich den Finger in den Hals stecken. „Ich war gemeinsam mit Hess bei ihm und er bekommt wohl mächtig Druck von allen Seiten. Morgen Mittag wird es eine Pressekonferenz geben, bis dahin darf ich mir nun überlegen, inwieweit Tim wirklich als Tatverdächtiger durchgehen kann."

„Wir schauen jetzt mal, was die coolen Jungs zu dem Video und ihrem Mobbingopfer sagen," versuchte Nina ihre Beifahrerin zu beruhigen. „Danach sehen wir weiter und überlegen, wie wir uns irgendwelche bisherigen Erfolge aus den Fingern saugen können."

„Die Einstellung gefällt mir," sagte Jäger und stützte ihren Arm am Fenster ab. „Genau wie der Wagen, ein tolles Geburtstagsgeschenk! Wie war denn nun deine Feier?"

Nina berichtete ihr vom gestrigen Abend und Jäger lachte, als sie von den Annäherungsversuchen der Pädagogen hörte. „Löbig steht auf Frauen? Und dass du Felshart anziehend findest, kann ich verstehen. Obwohl er mir zu schmal wäre."

„Er ist eben sportlich," meinte Nina grinsend. „Aber nachdem ich Ben gestern endgültig den Laufpass gegeben habe, brauche ich jetzt wirklich eine Pause vom Thema Männer. Außerdem kann ich den hübschen Lehrer immer noch anrufen, wenn der Fall abgeschlossen ist."

„Oder seine Kollegin," ergänzte Jäger und zwinkerte. „Und da vorne musst du rechts abbiegen, sonst kommen wir nie zum Hauptbahnhof."

Als sie kurz darauf die große Parkfläche hinter dem Bahnhofsgebäude betraten, war der Teambus bereits angekommen. Sie sahen die Teenager mit ihren blauen Jacken schon von Weitem und schritten langsam auf sie zu. Einer von ihnen schien die beiden Frauen zu erkennen, denn er knuffte Vincent Uhland in die Seite und mehrere Jungen drehten sich anschließend zu ihnen um.

„Guten Tag, die Herren," sagte Jäger und blieb vor ihnen stehen. „Um es kurz zu machen, alle hier Anwesenden, die auf der Geburtstagsparty von einem gewissen Jan Petry gewesen sind, bleiben bitte und unterhalten sich mit uns."

Einige der Jugendlichen nahmen ihre Reisetaschen und entfernten sich mit verwirrtem Gesichtsausdruck, während etwa fünf Jungen mit verkniffenen Minen stehen blieben. Unter ihnen waren Vincent Uhland, Ole Merz, zwei weitere große Burschen und Jan Petry, mit frisch rasiertem Kopf.

„Entschuldigung, kann ich Ihnen irgendwie behilflich sein?" fragte ein breiter, blonder Mann, den Nina auf Ende Dreißig schätzte. „Ich bin Stefan Opitz, der Trainer der Jungs."

„Jäger, Kriminalpolizei. Herr Opitz, wir müssen dringend mehr über ein spezielles Video erfahren und dass wir mit Vincent sprechen dürfen, hat sein Vater bereits zugesichert." Hinter dem Trainer rollte dieser demonstrativ mit den Augen.

„Geht es um den Witz, den sie mit dem schmalen Kerl gemacht haben?" Opitz zog sich lachend den Reißverschluss seiner Trainingsjacke zu. „Kommen Sie, das ist doch kein Fall für die Polizei!"

„Sie wissen davon?" fragte Nina perplex.

„Die Jungs haben es mir gezeigt, das war doch nur ein kleiner Spaß unter Teenagern. Meine Güte, zu meiner Zeit haben wir ganz andere Dinge gemacht, da ging es richtig heiß her."

„Meine Rede," mischte sich nun Jan Petry ein. „Was wollen Sie also von uns, Ladies?" Die Jungen um ihn herum feixten.

„Zunächst einmal, dass du mich nicht ‚Lady' nennst, Bubi. Und dann will ich wissen, wie sich sexuelle Nötigung denn so in deinem Lebenslauf machen würde. Wären Mama und Papa stolz auf dich?" Jäger war einen Schritt auf ihn zugegangen und blickte ihm abwartend ins Gesicht.

Das Lachen schien dem selbstbewussten Jungen vergangen zu sein, denn er starrte die beiden Frauen mit weit aufgerissenen Augen an. „Das ist nicht Ihr Ernst. Das geht meine Eltern gar nichts an."

„Kommen Sie, es war ein Witz!" mischte sich nun auch Vincent Uhland ein, der von Ole Merz umsonst am Arm festgehalten wurde.

„Okay, wenn es so schlimm für Tim war, dann werden wir uns bei ihm entschuldigen, in Ordnung?"

„Der ‚Witz' wird definitiv ein Nachspiel haben," sagte Jäger achselzuckend. „Wir werden morgen die Schule informieren, außerdem liegt es bei Tim, ob er nachträglich Anzeige gegen dich erstattet, Jan."

Der große Junge fuhr sich sichtlich getroffen mit der Hand über den Kopf. „Ich glaub' das einfach nicht."

„Wie wäre es, wenn ihr alle besser über euer Verhalten nachdenkt?" Nina blickte in die Runde. „Wir wissen, dass Luisa ebenfalls bei der Party war. Könnt ihr uns irgendetwas über ihre Misshandlung oder den Tod von Kati Winter sagen? Wenn ihr euch ein bisschen ins Zeug legt und mit uns kooperiert, wirft das gleich ein viel positiveres Licht auf euch. Wir werden das dann natürlich berücksichtigen, ich kann euch nur zu etwas mehr Kooperation raten."

Die Fußballer sahen betreten zu Boden und schüttelten den Kopf. Momentan schienen sie keine Antwort parat zu haben, daher sagte Jäger: „Wir sprechen uns morgen früh in der Schule noch einmal."

Sie ließen die Jungen stehen und als sie die Straße zum Auto überquerten, sagte die Kommissarin genervt: „Ich hasse Teenager!"

Die Eskalation.

Am Montagmorgen trafen die beiden um 7:40 Uhr vor dem Tor der Adalbertschule ein. Sie mussten unbedingt noch einmal mit dem Rektor über die Zustände an seiner Schule sprechen, auch wenn noch kein offizieller Zusammenhang zwischen dem Mord und dem fortlaufenden Mobbing von Tim Strobinger feststand.

„Ich werde Tim und seinen Vater gleich nach dem Gespräch bei Schneider aufs Präsidium bestellen. Es wird Zeit, dass wir ihn noch einmal etwas mehr in die Mangel nehmen. Vielleicht bewirkt die Atmosphäre bei uns ja, dass er mehr sagt." Jäger blieb kurz stehen. „Wer sonst hätte einen Grund, Luisa und Kati verletzen zu wollen?"

Nina nickte und hielt ihr die Tür auf. Die beiden gingen durch den noch leeren Flur und dann um die Ecke zum Zimmer des Schuldirektors.

„Herein!" ertönte es von drinnen, nachdem sie an die Tür geklopft hatte.

Sie traten ein und Nina sah, dass Daniels Felshart bereits Platz genommen hatte. Schneider und er standen auf und gaben beiden Frauen die Hand, wobei Daniel Nina herzlich anlächelte, während er sie berührte. Alle vier nahmen wieder Platz und der Schulleiter ergriff als Erster das Wort.

„So, wie können wir Ihnen denn erneut helfen? Haben Sie schon herausgefunden, wer unserer Schülerin das angetan hat?"

„Noch nicht," antwortete Jäger, „wir sind wegen etwas anderem hier, das allerdings in Verbindung mit diesem schrecklichen Fall stehen könnte." Sie blickte von Schneider zu Felshart. „Was können Sie uns über Tim Strobinger sagen?"

„Tim wer?" fragte der Rektor und sah sie verständnislos an.

„Er ist Schüler in meiner Klasse," meldete sich der junge Lehrer zu Ninas Linken zu Wort. „Er ist ein sehr zurückhaltender Junge, extrem schüchtern und nicht sehr gut integriert."

Er sah erst Jäger, dann Nina einen Moment nachdenklich an. „Ich habe schon eine Menge versucht, Tim ist ein sehr intelligenter Junge und er hat sich lange Zeit bemüht, dazuzugehören. Aber für jemanden wie ihn, der eine völlig andere Art von Humor hat, nicht gut in Sport ist und nicht sehr interessant für die Mädchen zu sein scheint, ist es sehr schwer."

„Wird er gemobbt?" Nina sah Felshart fragend an.

„Kurz gesagt, ich denke, dass die anderen ihn hänseln, ja. Ich musste die Jungs schon oft zurückpfeifen, besonders im Sportunterricht. Aber auch so gehe ich dazwischen, wenn ich merke, dass sie sich wieder über ihn lustig machen." Er unterbrach sich. „Aber wieso wollen Sie das wissen?"

Jäger sah Nina an und zog dann ihr Handy aus der Tasche. „Dieses Video hat uns eine Schülerin gezeigt. Es ist offenbar im August bei Jan Petry zu Hause aufgenommen worden."

Sie legte das Handy auf Schneiders Schreibtisch und die beiden Männer beugten sich darüber. Je länger das Video lief, desto betroffener wurden ihre Mienen. Als es aufhörte, herrschte einen Moment vollkommene Stille in dem kleinen Raum.

Schließlich stotterte der dicke Schulleiter: „Ich möchte festhalten, dass ich von diesen Zuständen nicht in Kenntnis gesetzt worden bin! Ich wusste absolut nicht, dass einige der Schüler solche perversen Dinge für witzig halten!" Er wurde noch etwas blasser. „Wer hat das Video bereits gesehen?"

Es war deutlich spürbar, dass der Direktor sich besonders um seine eigene Person sorgte, daher atmete Jäger laut hörbar ein.

„Bisher wohl nur ein paar Schüler des Jahrgangs." Dann wandte sie sich an Felshart. „Haben Sie gewusst, dass es so schlimm ist?"

Mit zusammengekniffenen Augen schüttelte der Lehrer den Kopf. „Nein." Er schluckte und fuhr fort: „Um Himmels Willen, durch was für eine Hölle muss Tim in den letzten Wochen gegangen sein? Ich werde mit allen Jugendlichen sprechen, zusammen mit den Eltern."

Schneider nickte: „Auf jeden Fall, so etwas akzeptieren wir hier nicht! Das wird für alle Konsequenzen haben." Er gab Jäger das Handy zurück. „War das erste Mädchen auch auf dieser Party? Denken Sie denn, dass Tim, einer unserer Schüler, für diese Taten verantwortlich ist?" Er schlug verzweifelt die Hände vors Gesicht. „Das darf einfach nicht wahr sein."

„Bisher haben wir noch kein Geständnis und wissen nicht, ob Tim

Strobinger der Täter ist. Wir wollen aber heute Mittag erneut mit ihm sprechen, ich werde seinen Vater und ihn auf die Wache bestellen."

„Sein Vater ist ein sehr vernünftiger, ruhiger Mann," bestätigte Felshart. „Und Tim ist ein friedlicher Junge, der es nicht leicht im Leben hat, besonders, seit seine Mutter an Krebs gestorben ist. Er ist vieles, aber kein Gewaltverbrecher!"

„Aus diesem Grund wollen wir keine falschen Verdächtigungen," sagte Nina und nickte. „Die Schüler und Eltern sollen wissen, dass noch absolut nichts feststeht, es gilt nach wie vor die Unschuldsvermutung."

Felshart und Schneider nickten, als die beiden Polizistinnen sich erhoben. „Bitte teilen Sie uns mit, was bei dem Gespräch mit Tim und seinem Vater herauskommt," bat Schneider.

Sie verließen das Büro und Jäger griff auf dem Flur nach ihrem Handy. „Hess und Winkmann sollen sich daran machen, den Vater zu kontaktieren, damit er später mit seinem Sohn vorbeikommt," sagte Jäger.

In diesem Moment ertönte lautes Gebrüll vor den Glastüren der Schule. Nina sah ihre Vorgesetzte an und blickte auf die große, graue Uhr über ihnen. Der Unterricht fing jeden Augenblick an, doch der Lärm von draußen klang alles andere als normal.

Sie eilten gemeinsam auf den Schulhof und konnten das dort herrschende Chaos im ersten Moment absolut nicht zuordnen.

An dem Haupttor der Schule war eine große Anzahl an Schülern versammelt, die laut durcheinanderriefen. Zunächst war absolut kein Durchkommen möglich, sodass Nina und Jäger sich mit Händen und Ellbogen durch die Menge zwängten. In der Mitte des entstandenen Kreises bot sich ihnen ein groteskes Bild.

Ein wimmernder Tim Strobinger kauerte auf dem kalten Boden und hielt sich beide Hände vor die Augen. Über ihn gebeugt standen mehrere Schüler, unter anderem die üblichen Verdächtigen und brüllten und schlugen auf ihn ein. Jan Petry und Vincent Uhland waren die Lautesten von ihnen.

„Du kleiner Pisser, du hast es also zugegeben? Hier, so etwas machen wir mit kranken Arschlöchern wie dir!" Jan Petry trat Tim mit Wucht in den Rücken, sodass er nach vorne kippte. Als er sich mit schmerzverzerrtem Gesicht wieder aufzurappeln versuchte, sah Nina, dass er allem Anschein nach Pfefferspray ins Gesicht gesprüht bekommen hatte, denn seine Augen waren feuerrot und geschwollen.

„Schluss damit!" brüllte Jäger und sämtliche Augenpaare richteten sich auf sie. „Was glaubt ihr, was das hier ist? Wollt ihr ihn lynchen?!" Sie machte einen Schritt nach vorne, doch Vincent Uhland und ein weiterer Junge zogen Tim wie ein lebendiges Schutzschild nach oben.

„Stopp, kommen Sie nicht näher! Sie glauben, dass wir die Bösen sind? Dann sollten Sie erfahren, dass dieser Bastard sich lauthals an Katis Tod und der Verstümmelung von Luisa aufgeilt hat!" Vincent Uhland hielt sein Handy mit einer Hand nach oben und nahm Tim mit dem anderen Arm in eine Art Würgegriff.

„Wir haben den Beweis, er hat Annika alles schön und ausführlich erzählt!" Der Junge deutete auf die Klassensprecherin, die eifrig nickend einen Schritt nach vorne machte.

„Richtig, ich habe alles von ihm erzählt bekommen und ihn dabei aufgenommen."

„Du musst ja wahnsinnig stolz auf dich sein," rief Nina wütend und sah, wie das hinterhältige Mädchen sie völlig perplex ansah.

„Charakterlose Zecke", murmelte sie und deutete Jäger an, sich langsam zu nähern.

„Ja, es ist ein verfickter Grund zum Feiern!!" schrie Tim plötzlich weinend und wand sich im festen Griff der Jungen. „Die Schlampe musste sterben und ich werde auf ihrem Scheiß Grab tanzen!"

„Tim, sollen wir das jetzt etwa als Geständnis verstehen?" brüllte Jäger ihm entgegen und deutete den beiden Bewachern wütend an, ihn nun endlich loszulassen.

„Jan, Vincent, Nils! Hört sofort auf! Das hier ist kein Witz, lasst ihn los!" rief Daniel Felshart, der eilig die Treppen zum Pausenhof hinuntergeeilt kam, den dicken Direktor Schneider im Schlepptau. Auch einige andere Lehrer kam dazu und versuchten, die Meute dazu zu bringen, in ihre Klassenräume zu gehen.

„Alle in den Unterricht," brüllte Schneider wütend und deutete auf die anwesenden Polizistinnen. „Und Sie bitte ich, dieses Chaos umgehend aufzulösen!"

Nina sah, dass der Griff ihrer Kollegin bereits an ihrer Dienstwaffe lag, doch offenbar wollte sie die Situation nicht noch mehr verschärfen.

„Handys weg!" schrie der Direktor einige der Schaulustigen an, welche die komplette Situation für die Nachwelt festhielten und vermutlich in diesem Moment live auf Facebook und Co streamten.

Mit drei Schritten war Nina bei Tim und hatte ihn im Handumdrehen aus seiner Lage befreit. Sie hielt Vincent am Kragen fest und starrte ihn einen Moment lang wütend an.

„Du solltest dir mal ein Beispiel an deiner Schwester nehmen." Sie drehte sich zu Jäger um, die Tim bereits aufgeholfen hatte und ihn mit schnellen Schritten und unter dem Johlen von mindestens fünfzig Schülern zum Auto führte.

Der einzige Ausweg.

Leichenblass und mit roten, geschwollenen Augen, saß Tim vor ihnen und starrte ins Leere. Das kalte Tuch, das Nina ihm gegeben hatte, lag vor ihm auf dem Tisch. Die komplette Fahrt über hatte er kein einziges Wort gesagt und auch jetzt schwieg er eisern vor sich hin. Kommissar Hess hatte den Raum ebenfalls betreten und setzte sich nun an den Tisch zu ihnen.

Wortlos reichte er Nina sein Handy und deutete ihr dann an, es Jäger ebenfalls zu zeigen. Sämtliche Sozialen Medien zeigten den Aufruhr an der Frankfurter Adalbertschule, das Video wurde bereits mehrere tausend Mal angeklickt und die Kommentare darunter wirkten alles andere als objektiv.

'Endlich haben sie den Psychopathen' war dort zu lesen, ebenso *'war klar, dass es ein Außenseiter war'*. Es fanden sich allerdings auch Forderungen, wie etwa *'Hängt den Kerl auf!'*.

Nina gab Hess das Handy zurück und blickte Tim Strobinger an. „Tim, dein Vater ist auf dem Weg hierher. Möchtest du nun mit uns reden oder sollen wir auf einen Anwalt warten?"

„Ich brauche keinen Anwalt," sagte er leise.

„Du hast lauthals verkündet, wie froh du über die Geschehnisse bist, sowohl an der Schule, als auch auf dem Mitschnitt von Annika. Du wurdest bereits über deine Rechte informiert, also frage ich dich ein letztes Mal: Hast du etwas mit Luisas Beils Entführung und Kati Winters Tod zu tun?"

Stur starrte der Junge geradeaus und in dem Moment, als Jäger frustriert aufstehen wollte, murmelte er: „Ich kann nie wieder dorthin. Ich kann nie mehr nach draußen, es haben doch alle gefilmt." Plötzlich sah er nach oben und blickte Nina ins Gesicht. „Das heißt, bald präsentieren sie auch das Video von Jans Party. Dann sieht das die ganze Welt."

„Tim, wenn du es nicht gewesen bist, dann helfen wir dir. Wir werden alles wieder ins rechte Licht rücken, aber dafür brauchen wir die Wahrheit von dir." Nina beugte sich ein Stück nach vorne. „Du kannst uns vertrauen, wir wollen alle, dass es aufhört."

„Jan hat mich verarscht, als er meinte, ich könne gerne zu seiner Geburtstagsparty kommen." Der Junge schien mehr zu sich selbst zu sprechen, doch sie ließen ihn gewähren.

„Er hat sich mit der Einladung über mich lustig gemacht und ich habe es ihm auch noch abgekauft. Ich habe gedacht, hey, vielleicht tut ihm die ständige Herumschubserei wirklich leid und er lädt mich als Entschuldigung für sein Verhalten ein." Seine Nasenflügel zitterten leicht, ehe er weitersprach.

„Monatelang, jahrelang habe ich unter ihnen gelitten. Dann komme ich dorthin, mir wird schon lachend von seinen Kumpels die Tür aufgemacht und kurz darauf kommt Jan in den Flur. Er fragt mich, ob ich wirklich so blöd bin, ob ich wirklich geglaubt habe, dort erwünscht zu sein. Dann wurde ich beleidigt und geschubst und vor allen Menschen gezwungen, mir selbst einen runterzuholen. Wissen Sie, wie das ist? Wissen Sie, wie sich das anfühlt?"

„Es muss schrecklich gewesen sein," sagte Nina. „Was ist nach dieser Party passiert?"

„Ich habe mich wie ein Stück Dreck gefühlt," antwortete Tim und rieb sich vorsichtig die Augen. „Es war so demütigend, ich hätte mich am liebsten vor den nächsten Zug geworfen. Alle haben über mich gelacht, niemand hat mir geholfen." Er schluckte und fuhr dann mit rauer Stimme fort. „Es wäre auch nicht schlimmer gewesen, wenn sie mich an einen Baum gefesselt und vergewaltigt hätten. Es hätte keinen Unterschied mehr gemacht. Was sie mit mir gemacht haben, was ich vor allen tun musste, das hat sich genauso schlimm angefühlt."

Verwirrt sahen Jäger und Hess sich an, während Nina nachhakte: „Was meinst du damit, sie hätten dich auch an einen Baum fesseln können?" Sie verstand die Wortwahl des Jungen absolut nicht, doch ihr war, als würde sie irgendeinen Zusammenhang einfach nicht erkennen.

Tim reagierte nicht auf ihre Frage, er schien völlig in seiner eigenen Welt zu sein. „Ich dachte, es wird besser, doch es ist immer schlimmer geworden."

Die Tür öffnete sich und Kommissarin Winkmann brachte Tims Vater hinein. Dieser umarmte seinen Sohn mit Tränen in den Augen, doch der Junge rührte sich nicht.

„Ich fasse es nicht," sagte er und blickte zu den Polizisten. „Tim, wieso hast du nichts gesagt?"

„Was hättest du schon machen sollen? Du bist genauso ein Schwächling wie ich. Über uns lachen doch alle."

Er blickte nicht einmal auf, während er die Worte aussprach. Sein Vater nahm Platz und wischte sich das nasse Gesicht. „Hast du Kati das angetan?"

Hess schnippte leicht mit dem Finger vor Tims Augen. „Junge, warst du es oder nicht? Hast du die beiden Mädchen entführt und diese Dinge mit ihnen angestellt, quasi als Rache für deine Erlebnisse?"

Tim zuckte zusammen und sah dann durch den Raum. „Ich kann nie mehr zurück," wiederholte er. „Es ist sowieso alles vorbei." Nach einer kurzen Pause sprach er die folgenschweren Worte aus.

„Ich war es. Ich habe Kati und Luisa entführt und gequält."

Jetzt bestand Tims völlig aufgelöster Vater darauf, einen Anwalt anzurufen, daher verließen Nina und Jäger den Raum, Hess folgte ihnen kurz darauf auf den Flur.

Die drei sahen sich einen Moment lang an. „Ich brauche eine Zigarette," ergriff Nina als Erste das Wort und nickend folgten die anderen beiden ihr hinunter ins Foyer.

Gerade als Jäger etwas sagen wollte, kam eine nervös dreinblickende Andrea Winkmann hinter ihnen her, gefolgt von Polizeipräsident Jeschke.

„So Frau Jäger, wie ich soeben gehört habe, gab es eine Festnahme. Die Meldungen überschlagen sich schon, die Worte von diesem Verrückten hat jeder Mensch mit einem Facebook Account bereits gehört. Hat er schon ein offizielles Geständnis abgelegt?"

Mit freudiger Erwartung sah der dicke Mann die Kommissarin an und man spürte beinah den Kampf, der sich in Jägers Kopf abspielte.

„Herr Jeschke, es ist folgendermaßen. Er hat gesagt, dass er es gewesen ist, allerdings hegen wir alle Zweifel an seiner Schuld," begann sie und sprach Nina damit aus der Seele.

„Was wir alle glauben und was wir uns vorstellen können, das spielt nun einmal in den meisten Fällen keine Rolle," unterbrach er sie und hob mit einem leichten Schulterzucken beide Hände. „Ich bin tagtäglich überrascht davon, zu was die Leute fähig sind. Menschen, von denen ich so etwas niemals erwartet hätte. Und doch haben sie die schlimmsten Dinge getan, die man sich nur vorstellen kann."

„Genau das ist es, wir sind davon überzeugt, dass er es nur ausgesprochen hat, da er glaubt, sich in einer ausweglosen Situation zu befinden."

„Hat er es zugegeben oder nicht?" fragte Jeschke genervt. Der Polizeichef wusste genau, dass die Pressekonferenz in Kürze anstand. Wenn er dort einen Geständigen präsentieren konnte, dann wirkte dies wie ein voller Erfolg.

Zögernd nickte Jäger und ihr Vorgesetzter klopfte ihr auf die Schulter. „Dann ist doch alles in bester Ordnung!"

„Frau Hilbert?"

Von einer hellen Stimme unterbrochen, drehten sich alle um und blickten zum Eingang, direkt auf eine hysterisch dreinblickende

Diana Hamann, die wutentbrannt auf Nina zustürmte und ihr mit voller Wucht eine kräftige Backpfeife verpasste.

Denn sie haben gesündigt.

Schockiert starrte Nina sie an und hielt sich ihre linke Wange, die innerhalb von Sekunden glühend heiß wurde. Die Frau vor ihr zitterte und ihr hübsches, ebenmäßiges Gesicht war tränennass.

Das konnte nicht real sein, das durfte einfach nicht wirklich passieren! Jeschke starrte fassungslos von einem zum anderen und auch die übrigen Kollegen im Foyer blieben stehen, um zu lauschen.

„Glaubst du allen Ernstes, du könntest Samstagsabends mitten in Sachsenhausen mit einem verheirateten Mann rummachen, der bekannt ist, wie ein bunter Hund, und keiner bekommt Wind davon? Sämtliche unserer Freunde wohnen dort, du Schlampe!"

Hess hielt seinen Arm zwischen die beiden Frauen und sagte: „Entschuldigung, könnten Sie uns bitte sagen, was hier los ist?"

„Das kann ich Ihnen sagen," schrie Diana Hamann und hielt dem Kommissar ihr Handy vor die Nase. „Meine beste Freundin war vorgestern auf einem Junggesellinnenabschied, läuft nichtsahnend die Straße entlang und sieht, wie dieses Miststück sich wie die letzte Nutte an meinen Mann klammert und ihm die Zunge in den Hals steckt!"

Auf dem Foto, das auf ihrem Display zu sehen war und welches sie offenbar erst heute empfangen hatte, sah man genau diese Szene. Eine betrunkene Nina, die den Arm um Bens Hals geschlungen hatte und gierig ihren Mund auf seinen presste. Nina wurde übel.

„Stopp, nun mal ganz langsam, Frau Hamann," unterbrach Jäger die völlig neben sich stehende Blondine. „Zu so etwas gehören immer zwei, Frau Hilbert wird Ihren Mann kaum zu etwas gezwungen haben." Sie machte einen Schritt vor Nina, hob beschwichtigend die Hände und stand so zwischen ihr und Diana Hamann.

„Außerdem ist sie nicht diejenige, die verheiratet ist. Ich möchte Sie bitten, das Präsidium zu verlassen und alles Weitere mit Ihrem Mann zu besprechen."

Mit jedem Wort war die aufgelöste Frau mehr in sich zusammengesackt und stand nun weinend vor ihnen. Sie wischte sich verzweifelt übers Gesicht, drehte sich dann um und verließ schluchzend das Foyer. Nina hielt ihre brennende Backe und starrte der betrogenen Ehefrau hinterher.

Noch nie hatte sie sich so sehr gewünscht, dass sich der Boden unter ihr auftun und sie einfach darin versinken würde. Sie spürte, dass zahlreiche Augenpaare auf sie gerichtet waren und das Getuschel um sie herum war deutlich zu hören. Einige Meter von sich entfernt sah sie Sandra mit mehreren Kollegen, die schockiert ihre Hände vor den Mund geschlagen hatte.

„Entschuldigt mich," murmelte sie und ging mit hochrotem Kopf an allen Anwesenden und dem Frankfurter Polizeichef vorbei, zwischen den Leuten entlang, hinüber zur Damentoilette.

Stolpernd wankte Nina in die letzte Kabine und ließ sich weinend an der kalten Wand hinuntergleiten. Sie konnte kaum atmen, so sehr schnürten ihr Wut und Verzweiflung die Kehle zu.

Wie dumm war sie nur gewesen. Hatte sie ernsthaft geglaubt, dass die Sache mit Ben einfach so beendet werden konnte? Karma schlug immer zurück, im wahrsten Sinne des Wortes.

Sie hatte es verdient und mit dem Schlag konnte sie ohne Weiteres fertig werden. Es geschah ihr auch recht, dass nun alle Bescheid wussten, doch wie sollte sie ihren Kollegen von nun an in die Augen sehen?

Die Szene, die sich soeben abgespielt hatte, war der beste Klatsch und Tratsch, den man sich für die Mittagspause nur erhoffen konnte. Wer würde sie denn jetzt noch ernst nehmen? Das Flittchen, die Neue, die es bei ihrem ersten Fall mit dem zuständigen, verheirateten Staatsanwalt getrieben hatte?!

Nach einiger Zeit ertönte ein leises Klopfen an der Tür.

„Darf ich mal stören?" Jäger hatte sich offenbar gegen die Kabine gelehnt und pochte weiter im gleichmäßigen Rhythmus gegen die Tür.

Langsam rappelte Nina sich auf, öffnete und sah Jäger aus verheulten Augen heraus traurig an. „Ich kann da nie wieder raus."

„So ein Quatsch!" meinte ihre Vorgesetzte und rückte Ninas Pullover zurecht. „Du hörst dich ja schon an wie der traumatisierte Tim Strobinger! Du wäschst dir jetzt dein verheultes Gesicht ab, schlägst dir diesen Unsinn aus dem Kopf und gehst wie eine gestandene Frau mit mir nach draußen."

„Ricarda, das halbe Präsidium hat es mitbekommen," erwiderte Nina und hob verzweifelt die Hände. „Jeschke hat es mitbekommen! Er kennt nicht einmal meinen Namen und schon hört er, dass ich mit verheirateten Männern schlafe! Mittlerweile hat es sich wahrscheinlich im ganzen Haus herumgesprochen! ,*Die Neue hat eine Affäre mit Staatsanwalt Hamann!*' ,*Dem Alten?*' ,*Nein, dem jungen Hamann, seinem Schwiegersohn!*' Jetzt nimmt mich doch kein Schwein mehr wirklich für voll! Ich will sterben!"

Sie ging zum Waschbecken und griff nach einem Papiertuch. „Das ist so demütigend!"

„Gedemütigt fühlt sich seine Frau bestimmt auch."

„Danke, das brauche ich gerade noch," antwortete Nina und blickte sie vorwurfsvoll im Spiegel an.

„Das meine ich nicht böse, Schätzchen. Ihr beide fühlt euch mies, weil ein verheirateter Mann seine Grenze nicht kennt. Ja, du hast etwas Dummes gemacht, aber über dem Gequatsche von Anderen musst du drüberstehen! Hamann wird nun nichts mehr versuchen, als dir aus dem Weg zu gehen, von ihm hast du keine Schwierigkeiten zu erwarten. Er ist ein Feigling und seine Frau wird diese Schande ebenfalls möglichst schnell unter den Teppich kehren wollen. Niemanden sonst geht das alles etwas an, also atme tief durch und komm mit." Sie hielt die Tür der Damentoilette für sie auf und blickte ihr auffordernd ins Gesicht.

Schließlich holte Nina noch einmal kräftig Luft und schritt dann mit Jäger zusammen hinaus. Die meisten Kollegen, die das Schauspiel mitbekommen hatten, waren bereits verschwunden, doch trotzdem war Nina bewusst, dass sie nach wie vor von genügend Menschen angestarrt wurde.

Sie ging auf Hess und Winkmann zu und blieb unschlüssig vor ihnen stehen. Jäger folgte ihr und sagte:

„Jeschke ist gegangen, er will mich gleich zur Pressekonferenz sehen. Und dir soll ich ausrichten, dass du dir mal zu Hause deine Wange kühlen solltest."

Peinlich berührt von der darauffolgenden Stille sah Nina zu Boden. Es war einfach zu schrecklich.

„Mensch Mädchen, jetzt zieh nicht so ein Gesicht," mahnte Hess und tätschelte ihr die Schulter. „Wer frei von Schuld ist, der werfe den ersten Stein. Glaubst du im Ernst, keiner von den Leuten hier hätte schon einmal Scheiße gebaut? Was meinst du, warum meine Frau mich im letzten Jahr vor die Tür gesetzt hat? Ich habe sie mit unserer Nachbarin betrogen und sie hat die Scheidung eingereicht. Aber ich sehe meine Kinder wieder regelmäßig und das Leben geht weiter. Jeder von uns hat seine Leichen im Keller."

Winkmann besah sich grinsend ihre Wange. „Spätestens, wenn der Nächste im Präsidium bei irgendetwas erwischt wird, gibt es ein neues Gesprächsthema. Außerdem kannst du mir eines glauben: Die Hälfte der Kolleginnen hätte es genauso gemacht wie du, dieser Hamann ist aber auch ein leckerer Typ! Hätte er mich gefragt, dann hätte ich sofort auf seinem Schoß gesessen!" Die drei lachten und selbst Nina huschte ein leichtes Grinsen übers Gesicht.

„Jetzt geh nach Hause und lass Ricarda und uns die PK regeln. Morgen sieht die Welt schon ganz anders aus."

Sie seufzte und nickte schließlich. Gefolgt von zahlreichen Blicken verließ sie das Präsidium. Von unterwegs rief sie Juli an, die sich sofort auf den Weg machte und keine halbe Stunde später bei ihr vor der Tür stand. Nina kamen noch einmal die Tränen, als ihre beste Freundin ihr um den Hals fiel und sie sich in aller Ruhe an ihrer Schulter ausweinen konnte.

Die beiden redeten, bis es dunkel wurde und Juli tat, ebenso wie Ninas Kollegen, ihr Bestes, um sie etwas aufzuheitern. Natürlich würden alle stets die Schuld bei den Frauen suchen, die sich auf verheiratete Männer einließen, so war es und so würde es vermutlich immer bleiben.

„Davon darfst du dich aber nicht unterkriegen lassen, Schätzchen." Juli drückte sie erneut, als sie nach mehreren Stunden an der Tür standen und sich voneinander verabschiedeten. „Du hast so viel erreicht, wir lassen nicht zu, dass dich ein Fehler aus der Bahn wirft. Du bist meine starke Nina, zusammen überstehen wir das!" Sie sah ihre beste Freundin prüfend an. „Soll ich nicht doch hierbleiben?"

Nina schüttelte den Kopf und dankte ihr noch einmal lächelnd. „Nein, das ist wirklich nicht nötig. Ich bin vollkommen erledigt, in meinem Kopf schwirren zwar tausend Gedanken gleichzeitig durcheinander, aber ich glaube, ich muss mich einfach hinlegen und hoffen, dass morgen wirklich alles schon ganz anders aussieht."

Juli nickte. „Glaub mir, das wird es. Wenn irgendetwas ist, melde dich bei mir. Du weißt, ich bin für dich da."

Als Nina die Tür hinter ihr geschlossen hatte, ging sie langsam zurück ins Wohnzimmer und ließ sich auf die Couch fallen. Sie hatte nicht gelogen, ihre Glieder waren bleischwer und sie fühlte sich vollkommen ausgelaugt. Ihr Blick fiel auf das Geburtstagsgeschenk ihres Vaters. Seufzend nahm sie das Kissen in den Arm und ließ ihren Kopf auf die Lehne der Couch sinken. Eigentlich hatte sie nachsehen wollen, wie die Pressekonferenz gelaufen war, doch sie schaffte es einfach nicht.

Was sie brauchte, war Abstand von allem, wenn auch nur für ein paar Stunden. Während sie noch mit verweinten Augen und dem Kissen fest an sich gedrückt an die weiße Zimmerdecke starrte, legte sich die Müdigkeit wie ein Schleier über sie. Kurze Zeit später schlief sie tief und fest.

Die Entführung.

Als ihr Handy neben ihrem Ohr zu klingeln begann, schreckte Nina hoch. In ihrem Wohnzimmer war es stockdunkel, offenbar hatte sie mehrere Stunden geschlafen.

Sie sah auf das Display und erkannte Jägers Nummer in der Anzeige. Noch völlig schlaftrunken nahm sie das Gespräch an.

„Hallo?"

„Hallo Dornröschen, tut mir leid, dass ich störe."

„Wie spät ist es?" fragte Nina, da sie mit ihren verquollenen Augen kaum etwas erkennen konnte. „Und was willst du?"

„Eigentlich einfach nur ins Bett," antwortete Jäger, „aber da macht mir der Täter leider gerade einen Strich durch die Rechnung. Jan Petry wurde entführt."

Mit einem Ruck setzte Nina sich auf. „Was? Wie meinst du das, entführt? Wo bist du?"

„Es ist viertel nach eins. Ich bin bei seinen Eltern in der Zeppelinallee in Bockenheim. Komm her, dann erzähl ich dir alles Weitere."

So schnell hatte Nina sich selten angezogen und die Zähne geputzt. Sie eilte die Treppe hinunter, durch die Haustür und setzte sich schnell hinters Steuer. Ihr begegneten kaum andere Autos und innerhalb von nicht einmal zwölf Minuten hatte sie die elegante Straße erreicht, in der sich bereits mehrere Polizeiwagen mit Blaulicht befanden.

Sie stieg aus, zeigte einer Streifenpolizistin ihren Dienstausweis und betrat das große Haus mit riesigem Vorgarten durch die offene Tür. Nina schritt geradewegs in das hell erleuchtete Wohnzimmer, welches ihr durch das Video unnatürlich vertraut vorkam und lief auf eine völlig übermüdet aussehende Ricarda Jäger zu.

Sie stand an der großen Fensterfront, deren Gardinen zugezogen waren und diskutierte mit Kommissar Hess und einem weiteren jungen Mann. Als sie Nina erblickte, winkte sie ihr.

„Nina, das ist unser Sven Gerhardt, er ist auf Entführungsfälle spezialisiert und wird uns im Fall Jan Petry unterstützen."

Nina gab dem großen, durchtrainierten Mann die Hand und fragte: „Was genau ist denn passiert?"

Ihr Blick fiel auf das Fenster vor sich und sie schob den hellblauen Vorhang neugierig ein Stück zur Seite. Ihre Augen wurden groß. „Sind das Einschusslöcher?!"

Gerhardt nickte. „Allem Anschein nach ist der Täter gegen 00:30 Uhr durch den Garten gekommen und hat viermal durch das Fenster geschossen, während Jan Petry hier im Wohnzimmer gesessen hat." Er deutete auf die große Couch. „Offensichtlich wollte er ihn nicht erschießen, sondern nur zu Tode ängstigen. Er hat in eine völlig andere Richtung gezielt, doch das umgestoßene Glas Eistee dort lässt darauf schließen, dass Jan Petry geglaubt hat, sein letztes Stündchen hätte geschlagen."

„Wie ist er dann hier reingekommen?" Nina sah sich um und konnte keine sonstigen Einbruchspuren erkennen.

„Dort drüben sitzen seine Eltern," sagte Jäger und zeigte in Richtung der offenen Küche, wo ein adrett wirkendes Ehepaar eng beieinander stand und leise mit Vogler, einem der Notfallseelsorger, sprach.

„Sein Vater war noch nicht zu Hause, doch seine Mutter lag oben im Bett. Sie steht aktuell unter Schock, doch sie hat uns gesagt, dass sie mehrere laute Schüsse gehört hat. Als sie hinuntergerannt kam, hat sie gerade noch gesehen, wie Jan von einem Mann mit schwarzem Kapuzenpullover und Pistole in der Hand, hinaus in den Garten gezogen wurde. Sie sagte, er hat oft spätabends noch eine Zigarette geraucht, daher wäre die Terrassentür vermutlich offen gewesen und der Täter konnte einfach hineinspazieren."

Zu ihrer Linken waren die Kollegen der Spurensicherung dabei, die Patronenhülsen einzusammeln. „Hat die Mutter sonst etwas gesehen? Oder hat der Täter irgendetwas gesagt?"

Jäger schüttelte den Kopf. „Nein, Jan hat wohl nur furchtbar geschrien, mehr hat sie nicht mitbekommen, sie hat dann gleich bei uns angerufen."

Hess verschränkte die Arme vor der Brust und holte tief Luft.

„So, ich fasse dann mal zusammen. Wir haben wohl den Falschen verhaftet. Wir haben der Öffentlichkeit heute Mittag einen Unschuldigen als Täter präsentiert, jemanden, der ohnehin schon labil ist. Jeschke hat es so klingen lassen, als stünde ein anderer Täter außer Frage. Und wir beide saßen daneben, Ricarda." Er schlug wütend gegen den Türrahmen. „Und während wir bei dieser Farce mitgemacht haben, hat dieser Irre sich den nächsten Teenager gekrallt! Manchmal hasse ich meinen Job!"

Jäger klopfte ihm auf die Schulter und blickte nicht weniger missmutig drein. „Um unser Image und die heftige Entschuldigung für Tim Strobinger kümmern wir uns später. Jetzt müssen wir erst einmal verhindern, dass Jan Petry mit irgendwelchen abgeschnittenen Körperteilen aufgefunden wird," sagte sie leise und eindringlich.

„Wieso tut er das plötzlich?" murmelte Nina und betrachtete erneut die Einschusslöcher vor sich. Sie erkannte, dass es draußen an der Straße bereits vor Kameras und Scheinwerfern nur so wimmelte. Natürlich hatte die Presse gehört, dass ein weiterer, gutsituierter Jugendlicher entführt worden war. Das hieß, die Fehler der Polizei würden in wenigen Minuten überall zu lesen sein.

„Du meinst, wieso er plötzlich die vollen Geschütze auffährt, im wahrsten Sinn des Wortes?" Jäger sah missmutig in die Runde. „Ich habe mich nach der Pressekonferenz noch mit Helena Schiller unterhalten, sie war ohnehin an dem Täterprofil dran und sollte als Kriminalpsychologin ein kurzes Statement dazu abgeben, wie ein Mensch darauf kommt, solche Gräueltaten zu verüben."

Sie zog demonstrativ die Vorhänge zu und schirmte die vier somit vor den neugierigen Blicken der Journalisten ab. „Ich habe sie gefragt, wie es weitergeht. Meiner Meinung nach war Tim es nicht, also wollte ich von ihr wissen, wie der wahre Täter reagiert, wenn er hört, dass wir seine Taten jemand anderem zur Last legen. Ihre Antwort war genau das hier."

Jäger zeigte im Raum umher. „Der Kerl wollte mit seinen Grausamkeiten ein Statement setzen, er wollte Aufmerksamkeit. Wir haben ihm diese nun weggenommen und einen traumatisierten, schüchternen Teenager verhaftet. Natürlich wird man einige Tage lang überall lesen können, was er mit den beiden armen Mädchen gemacht haben soll, doch das reicht dem echten Täter nicht. Er ist mit Sicherheit noch nicht fertig, aus welchen Gründen auch immer und Schiller sagte, dass es ihrer Meinung nach weitergehen wird, dass der Typ schnell reagieren wird. Ich denke, ihm ist es mittlerweile egal, ob er erwischt wird oder nicht. Er will sein Werk weiterführen und vielleicht ist es wirklich sein Ziel, aller Welt zu zeigen, dass nicht Tim dafür verantwortlich ist, sondern er selbst."

Ein uniformierter Kollege trat zu ihnen und berichtete, dass eine Nachbarin kurz nach den Schüssen einen dunklen Kombi mit hoher Geschwindigkeit die Straße entlangfahren gesehen hatte.

„In Ordnung, wir fahren jetzt zum Präsidium und brauchen alle Aufnahmen von Kameras, die sich hier im Umkreis befinden. In einer Stunde will ich ein Team versammelt haben, organisierst du das?" Jäger sah Hess an und dieser nickte. „Nina, fahr bitte auch schon einmal dorthin." Sie sah auf die Straße hinaus.

„Wir nutzen jetzt diese Meute dort draußen und machen dem Mistkerl Feuer unterm Hintern." Mit diesen Worten schritt Jäger durch die Verandatür und machte sich auf, um den Journalisten alles zu geben, was sie über die Entführung von Jan Petry wussten.

Nina ging durch die Haustür an mehreren Kollegen vorbei und lief zu ihrem Auto. Sie setzte sich ans Steuer und vergrub mutlos ihr Gesicht in den Händen.

Tim war es nicht gewesen, er war unschuldig und saß in Untersuchungshaft! Wie hoffnungslos konnte der Junge nur sein, um diese Straftaten zuzugeben, ohne sie begangen zu haben? Er dachte aus Scham und Verzweiflung wirklich, sein Leben sei vorbei. Neben der brennenden Frage, wer der wahre Täter war und wie sie Jan Petry finden sollten, konnte sie einfach nicht verstehen, wie kaputt und leer der verhaftete Junge sich fühlen musste.

Ninas Handy klingelte und sie stellte verwirrt fest, dass Jens der Anrufer war. Es war 2 Uhr nachts, wieso rief er sie um diese Uhrzeit an?

„Hey, was verschafft mir denn die Ehre?"

„Hallo Nina, ich konnte mal wieder nicht schlafen und habe gerade gesehen, dass ihr schon wieder einen Entführungsfall habt. Ich dachte, du bist bestimmt zuständig. Ihr habt wohl den Falschen in Gewahrsam, verdammt. Kommst du denn irgendwie zurecht?"

Nina seufzte. Hätte ihr väterlicher Freund ihr irgendwie helfen können, hätte er es sofort getan, das wusste sie.

„Ich weiß es nicht, ich könnte durchdrehen. Es ist, als würde ich immer tiefer fallen und einfach kein Ende sehen. Ich sinke und habe keine Ahnung, ob da unten irgendetwas ist, das meinen Aufprall abbremsen wird." Sie rieb sich genervt die Augen. „Entschuldige die bildliche Beschreibung, aber genauso lässt sich mein Zustand aktuell zusammenfassen."

„Ich verstehe genau, was du meinst. Man sieht gerade live eine Polizistin, die ein Statement abgibt Das ist gut, so treibt ihr diesen Mistkerl vielleicht in die Enge und er kann nicht mehr Katz und Maus mit euch spielen."

Nina fiel plötzlich die merkwürdige Umschreibung von Tim wieder ein, die er bei seiner Vernehmung geäußert hatte. „Jens, wieso schwirrt mir ein einzelner Satz, den der unschuldige Junge gesagt hat, immer wieder im Kopf herum? Es wirkte völlig aus dem Zusammenhang gerissen und war, als würde er eine andere Straftat mit seinem eigenen Leiden vergleichen."

„Was hat er denn zu euch gesagt? Vielleicht hat er sich über andere Mobbingfälle informiert. Er wird absolut verzweifelt sein, da recherchiert man doch und ist froh zu lesen, dass man nicht der Einzige ist, der schikaniert wird."

Nina nickte und fasste das Geschehene kurz für Jens zusammen. „Er hat gesagt, es wäre auch nicht schlimmer gewesen, wenn man ihn an einen Baum gefesselt und vergewaltigt hätte. Seine Worte hatten nichts mit der Befragung zu tun, also muss er wohl etwas über einen solchen Fall gelesen haben, nicht wahr? Warum sonst ein solcher Vergleich? Und wieso verfolgt mich das im Unterbewusstsein? Das kann ja auch einfach irgendein Geschwätz gewesen sein."

„Nun, vielleicht verfolgt es dich, weil das doch in Stade vor ein paar Jahren passiert ist. Weißt du das nicht mehr? Da haben sie die Gesamtschule doch für einige Zeit sogar geschlossen, weil ein Schüler dort von der halben Klasse schwer misshandelt worden ist und im Krankenhaus sogar um sein Leben gekämpft hat."

Mit einem Ruck setzte Nina sich aufrecht hin. „Natürlich! Das ist aber mindestens zehn oder mehr Jahre her, oder?!"

„Richtig, das Ganze hat aber für immenses Aufsehen gesorgt. Überall sind die Anti-Mobbing-Seminare nur so aus dem Boden geschossen und die Leute wollten aufzeigen, wie leicht es durch Schikane zu Amokläufen und Tragödien kommen kann," sagte Jens. „Soll ich jemanden anrufen, den ich noch aus meiner aktiven Zeit kenne? Er war wahrscheinlich nicht zuständig, aber er ist nach wie vor bei der Polizei in Stade."

„Das wäre super von dir, ich brauche alle Akten zu dem Fall. Denn wieso bezieht sich Tim in seiner schwersten Stunde darauf? Vielleicht hat er sich mit dem damaligen Opfer in Verbindung gesetzt und er weiß mehr über die Verstrickungen von Luisa, Kati und allem anderen. Vielleicht gibt es sogar noch ein weiteres Mobbingopfer hier, über das er Bescheid weiß."

Jens versicherte ihr, sich sogleich mit dem Kollegen in Verbindung zu setzen und verabschiedete sich. Nina selbst spürte ein nervöses Kribbeln in den Fingern und gab unverzüglich Gas.

Im Präsidium angekommen, trank sie zwei glühend heiße Tassen Kaffee und tigerte nervös hin und her.

Tim Strobinger hatte einen furchtbaren Fall von Mobbing erwähnt, der vor über zehn Jahren stattgefunden hatte. Das bedeutete, dass er sich offenbar mit dem Geschehen von damals beschäftigt hatte, obwohl er zu dem Zeitpunkt selbst erst im Kindergartenalter gewesen war. Vielleicht hatten sich nun die ehemaligen Opfer zusammengetan und gemeinsam Rache geübt. Nach den Vorkommnissen der letzten Zeit konnte Nina einfach nichts mehr ausschließen.

Nervös ließ sie sich auf ihren Bürostuhl fallen und trommelte mit den Fingern auf den Rand der Tastatur. In diesem Moment erhielt sie eine E-Mail und klickte mit klopfenden Herzen auf den Anhang, der ihr von Jens weitergeleitet worden war.

Während sie Seite für Seite des Polizeiberichts durchlas, wurde ihr eiskalt. Das, was sie dort las, konnte einfach nicht sein. Ihr Mund war innerhalb von Sekunden staubtrocken geworden und sie schluckte schwer, als sich die Gedanken in ihrem Kopf langsam zu einem großen, perfekten Muster zusammensetzten. Und dieses Muster verursachte Nina einen furchtbaren Brechreiz.

Auf der vorletzten Seite der schrecklichen Zusammenfassung sah man einen Jungen mit kinnlangen blonden Haaren in einem Krankenhausbett. Sein linkes Bein steckte in einem Gips, er lag auf der Seite und wurde offenbar so fixiert, dass er sicher in dieser Position verharrte. Sein Gesicht war zu einer starren Maske gefroren.

Nina ging näher an das Bild heran und versuchte verzweifelt, sich das heutige Gesicht des hier abgebildeten Teenagers namens Daniel Felshart daneben vorzustellen.

Die richtige Spur.

„Jetzt mal ganz langsam, Schätzchen! Was genau erzählst du denn da?" Jäger versuchte stöhnend, den Lautsprecher ihres Handys zu aktivieren, während sie auf die Hansaallee abbog. Ninas panische Worte waren kaum zu verstehen gewesen und der Mistkerl, der hinter ihr hupte, machte es nicht besser. Fluchend fuhr sie rechts ran und stellte den Motor ab. „Was ist mit Daniel Felshart?"

„Er ist es, Ricarda. Er muss es sein."

„Und wie genau kommst du zu dieser Annahme? Immerhin sind wir wieder bei Null angelangt, ich muss Tim Strobinger freilassen und habe nun neben Jeschke und der Presse auch noch Gerhardt im Nacken, der sich jetzt als großer Befreier und Experte für Entführungen beweisen will." Sie holte tief Luft. „Wenn du mir also irgendwie helfen kannst, dann schieß los."

„Erinnerst du dich an den merkwürdigen Vergleich, den Tim im Verhör gebracht hat? Als es darum ging, was ihm angetan worden war?"

„Du meinst das mit dem Baum und dem Vergewaltigt werden?" Jäger nickte und zündete sich eine Zigarette an, was sie eigentlich im Auto sonst nie tat. „Ja, da klingelt etwas bei mir."

„Das hat mir die ganze Zeit keine Ruhe gelassen und ich wusste nicht, wieso. Dann habe ich mich mit Jens, meinem Trainer aus Hamburg unterhalten. Er hat mich daran erinnert, dass genau so etwas 2005 in Stade, direkt bei uns um die Ecke, passiert ist.

Ein Bekannter von ihm hat mir die Unterlagen zukommen lassen und jetzt halt dich irgendwo fest: Das Opfer war Daniel Felshart."

Jäger startete den Wagen und sah in den Rückspiegel. „Ich bin in zehn Minuten im Präsidium. Ruf sofort Hess zu dir und leg alles bereit, was du hast."

Als ihre Vorgesetzte das Gespräch ohne ein weiteres Wort beendet hatte, sprang Nina aufgeregt auf und schnappte sich alle ausgedruckten Papiere. Sie klopfte bei Hess, der ebenfalls nach wenigen Augenblicken aus seinem Büro geeilt kam und gemeinsam mit Andrea Winkmann saßen sie einige Minuten später aufgeregt am Besprechungstisch, als Jäger hereingestürmt kam.

„Leg los," forderte sie Nina schnaufend auf und stierte auf die Unterlagen vor sich.

„Im Juni 2005 wurde an der Wilhelm-Gerst-Gesamtschule in Stade ein 16-jähriger Junge nach monatelangem Mobbing von seinen Mitschülern überfallen. Sie lauerten ihm nachmittags auf dem Schulhof auf und brachten ihn in ein nahegelegenes Waldstück." Nina deutete auf mehrere Fotos, die vom Tatort und dem Opfer aufgenommen worden waren.

„Das ist Daniel Felshart?" Winkmann zeigte auf die Bilder des schwerverletzten Jugendlichen und besah sich erschrocken die gut erkennbaren Blutergüsse und Hämatome. „Was haben sie mit ihm gemacht?"

„Es waren mindestens vier Jungen und zwei Mädchen beteiligt," fuhr Nina fort. „Sie haben ihn verprügelt, unter anderem vermutlich mit herumliegenden Ästen. Anschließend haben sie seine Hände mit einem Gürtel um einen Baum gebunden, ihm die Hose heruntergezogen und ihn mit einem Gegenstand vergewaltigt."

Ihre Kollegen starrten sie wortlos an. „Muss ich raten? fragte Hess und schüttelte angewidert den Kopf.

„Es war offenbar auch ein Ast," antwortete Nina.

„Sie haben ihn halb bewusstlos dort zurückgelassen, bis ihn Spaziergänger nach einigen Stunden gefunden haben. Der Junge wurde schwer verletzt ins Krankenhaus gebracht und verbrachte dort mehrere Wochen. Er hatte unter anderem ein gebrochenes Bein, zwei angebrochene Rippen und zahlreiche Prellungen. Durch die Vergewaltigung natürlich die typischen Verletzungen, noch dazu herbeigeführt durch irgendetwas, das wochenlang im Wald gelegen hatte. Er bekam eine Blutvergiftung und lag zeitweise im Koma."

„Was ist mit den Tätern?" fragte Jäger bitter.

„Das ist das Schlimme," fuhr Nina fort, „und daran kann ich mich sogar noch erinnern, obwohl ich erst elf Jahre alt war. Sie konnten nicht mit Gewissheit sagen, wer die Tat durchgeführt hat. Es gab lächerliche Strafen wegen Körperverletzung und unterlassener Hilfeleistung, aber das war kaum der Rede wert."

Winkmann unterbrach sie. „Hat Felshart nicht ausgesagt?"

Nina schüttelte den Kopf. „Er hat sich geweigert, weiter mit der Polizei zu sprechen und wenige Wochen, nachdem er aus dem Krankenhaus entlassen worden war, sind seine Eltern mit ihm und dem Bruder aus Stade weggezogen. Anscheinend wollten sie alles hinter sich lassen."

„Und was jetzt? Kam das Erlebte bei ihm dreizehn Jahre später zurück und er beschloss, sich an unbeteiligten Teenagern zu rächen?" Hess sah seine Kolleginnen reihum an. „Das ist doch absoluter Quatsch!"

Jäger griff zu ihrem Handy und sagte: „Schickt jemanden zu Felsharts Adresse und an die Schule. Ich sage sofort in Wiesbaden Bescheid, dass wir in die JVA kommen und mit Tim Strobinger reden müssen."

„Ich fahre mit den Kollegen zu Felshart," antwortete Hess und erhob sich. „Ich halte dich auf dem Laufenden und hoffe, er sitzt einfach mit Jan Petry im Wohnzimmer und gibt ihm ein paar Backpfeifen."

Alle standen auf und griffen nach ihren Jacken. Beim Blick auf die Uhr dachten alle dasselbe: Mittlerweile waren fünf Stunden vergangen, in dieser Zeit war den anderen Entführungsopfern bereits Grausames angetan worden.

Als sie in der JVA eintrafen, gingen Nina und Jäger schnellen Schrittes den grauen Flur entlang, zu dem Raum, in den man Tim Strobinger bereits gebracht hatte. Auf dem Weg hierher hatten die beiden kaum gesprochen, doch anhand der Art, wie Jäger die Finger um das Steuer gekrallt hatte, war Nina klar, dass ihre Gedanken ebenfalls rasten. Trotzdem mussten sie Schritt für Schritt vorgehen, auch wenn die Zeit drängte.

„Unsere Kollegen sind auf dem Weg zu Daniel Felsharts Haus," begrüßte sie den blass aussehenden Jungen ohne Umschweife und knallte den Aktenordner vor ihm auf den Tisch. „Ich möchte es also direkt wissen: Führt er die Taten für dich aus, quasi als ebenfalls tief traumatisierter Kumpane, oder hat er lediglich Jan Petry für dich übernommen, da du nun unpässlich warst?"

„Ich -," begann der Junge erstaunt und öffnete dann ein paar Mal seinen Mund, ohne einen Ton herauszubringen.

„Tim, das hier kann auf folgende Arten für dich ausgehen: Wenn du unschuldig bist und uns hilfst, den Täter zu stoppen, dann wirst du entlassen. Wenn du involviert warst, aber deinen Teil dazu beiträgst, dass Jan Petry nichts geschieht, dann wirkt sich das immens förderlich für dich aus."

Nina versuchte, so ruhig zu argumentieren, wie sie konnte und sah den schmalen Jungen eindringlich an. "Wenn du aber die Klappe hälst und weitere Straftaten geschehen lässt, dann bist du am Arsch."

„Du bist noch ein Teenager, Junge," fügte Jäger mahnend hinzu. „Du bist noch so jung und kannst aus all dem hier einigermaßen unbeschadet rauskommen. Also hör auf mit dem Selbstmitleid und hilf uns!"

Nach einem kurzen Moment der Stille murmelte Tim leise: „Er hat sich also Jan geschnappt."

„Wer, Tim? Daniel Felshart? Habt ihr diese Idee gemeinsam gehabt?"

Langsam schüttelte er den Kopf. „Ich weiß nicht, ob Herr Felshart der Täter ist. Aber ich habe ihm als Einzigem von Jans Party und dem, was dort geschehen ist, erzählt."

„Er wusste also von dem Vorfall?" fragte Nina und hätte sich selbst ohrfeigen können. Wo war nur ihre Menschenkenntnis geblieben, als sie Felshart und Direktor Schneider das Video gezeigt hatten? Er wirkte so überrascht, so schockiert, so ehrlich.

„Ich habe mich ihm vor etwa vier Wochen anvertraut, nachdem er mich auf meine vielen Fehlzeiten und ein paar der Kommentare angesprochen hatte," antwortete Tim und rückte seine Brille zurecht. „Ich konnte nicht mehr, wissen Sie? Und plötzlich war da jemand, der mir zugehört hat und den das Ganze wirklich zu treffen schien."

„Und dann hat er dir von seinen Erfahrungen als Jugendlicher erzählt?" fragte Jäger und tippte bereits auf ihrem Handy herum.

Tim nickte. „Er hat mir erzählt, was sie mit ihm gemacht haben und dass niemand ihm geholfen hat. Er meinte, er wäre beinah gestorben, doch die Scham würde sich schlimmer anfühlen, als die Gefahr des Todes."

„Was ist dann passiert, Tim?" wollte Nina wissen und bohrte nervös ihre Fingernägel in beide Handflächen. Hoffentlich hatten ihre Kollegen Daniel Felshart bereits irgendwo gefunden.

„Wie gesagt, ich weiß nicht, ob es mein Klassenlehrer gewesen ist," bekräftigte der Schüler. „Er war furchtbar mitgenommen von meiner Geschichte und von seinen eigenen Erzählungen. Aber er hat mir nichts von seinen Plänen gesagt."

Verwirrt sah Jäger ihn an. „Was hat er dir denn geraten? Normal wäre es gewesen, die Eltern der Betroffenen zu informieren, genauso wie die Schulleitung und die Polizei."

Tim biss sich auf die Lippen. „Er meinte, ich solle es so machen, wie er damals. Ich würde ja sehen, dass aus ihm etwas geworden ist und wie jemand, der Furchtbares erlitten hat, sein Leben umkrempeln konnte."

„Das hat er gesagt?" fragte Nina skeptisch. „Und du hast das so akzeptiert?"

„Ich wollte es doch selbst vergessen," rief der Schüler. „Herr Felshart hat mir geraten, eine Auszeit zu nehmen, wenn ich es nicht mehr schaffe und dann zum Winterhalbjahr an eine andere Schule zu wechseln. Ich war bereits beim Arzt und wollte mich nun bis zu den Weihnachtsferien krankmelden."

Er beugte sich ein Stück zu ihr. „Aus diesem Grund weiß ich nicht, ob Herr Felshart Luisa und Kati entführt hat. Ich wollte es auch nicht wissen, um ehrlich zu sein! Ich verstehe ihn und seine Entscheidung von damals und ich will das alles einfach nur vergessen!"

Nachdem sie die JVA verlassen hatten, ergriff Jäger mit zusammengepressten Zähnen das Wort.

„Hess hat geschrieben, sie haben Felshart weder in der Schule noch zu Hause angetroffen." Die beiden Frauen schwangen sich ins Auto und Jäger gab als Ziel eine Adresse in Oberursel ins Navi ein.

„Felshart ist bei seinem Bruder im Hochtaunus gemeldet, Dieter ist schon vor Ort und sagt, wir sollen auch dorthin kommen." Sie gab Gas und sah Nina von der Seite an. „Er wollte Tim aus dem Gefecht und allen Konsequenzen heraushalten. Deshalb hat er ihm geraten, niemandem etwas zu erzählen."

Nina stimmte ihr sofort zu. „Er rächt also den gequälten Jungen und hält ihn gleichzeitig da raus? Wenn er es war, dann ist uns doch beiden klar, dass es ihm nur um sich selbst und seine eigene Vergangenheit geht."

„Natürlich, vielleicht hat es bei ihm auch irgendetwas ausgelöst, was ganz tief vergraben gewesen ist. Aber er kam mir absolut nicht verdächtig vor, verdammt!" Jäger sprach genau das aus, was Nina zuvor gedacht hatte. Als sie vor einem schönen, hellen Haus mit angrenzendem Feld hielten, kam Hess ihnen bereits entgegen.

Hinter der Fassade.

„Wie wars in Wiesbaden?" begrüßte er die beiden nickend. „Hat Strobinger irgendetwas gesagt?"

„Er hat Felshart von seinen traumatischen Erlebnissen erzählt," bestätigte Jäger und folgte Hess vorbei an mehreren Kollegen zur Haustür hinauf. „Der Typ wusste also Bescheid und kannte alle Details."

Als sie den hell gefliesten Flur betraten, hielt Hess ihnen die Tür zum Wohnbereich auf und fragte: „War das vor ungefähr einem Monat?"

Nina sah ihn verblüfft an. „Ja, wieso?"

„Weil dies der Zeitpunkt war, an dem mein Bruder sich schrecklich verändert hat," ertönte es von der mintgrünen Couch.

Die Polizistinnen sahen zu einem schlanken, blonden Mann, der seinem Bruder immens ähnelte. Er war noch etwas größer als der junge Lehrer und trug eine randlose Brille, die er sich nun nach oben schob, nachdem er das Baby auf seinem Arm an die Frau neben sich weitergereicht hatte. Sie war mindestens zwei Köpfe kleiner als er und Nina schätzte, dass sie aus Osteuropa kam. Die kleine Familie wirkte bestürzt.

„Stefan Felshart," sagte er und reichte beiden die Hand. „Das ist meine Frau Vera und unser Sohn Luca. Haben Sie etwas Neues von meinen Bruder gehört? Wir sind ehrlich gesagt etwas überfordert mit der ganzen Situation."

„Leider noch nicht," sagte Jäger und setzte sich auf die Couch, nachdem sie von Frau Felshart dazu aufgefordert worden waren. „Wir müssen so viele Informationen wie möglich von Ihnen bekommen, Ihr Bruder ist dringend tatverdächtig. Ich denke, Sie wissen bereits, worum es geht?"

Der Mann von etwa dreißig Jahren nickte. „Natürlich, wir haben es ja auch tagtäglich in den Zeitungen gelesen und Daniel hat uns auch erzählt, dass das gestorbene Mädchen in seiner Klasse war. Aber mit diesem Verlauf," er deutete auf mehrere Polizisten, die hinauf in den oberen Stock gingen, „damit hätten wir nicht gerechnet."

„Einen Durchsuchungsbefehl hat Staatsanwalt Hamann also schon ausgestellt?" fragte Jäger an Hess gewandt, woraufhin dieser nickte.

Nina versuchte, bei der Erwähnung von Ben nicht zu schockiert dreinzublicken und sah das Ehepaar Felshart eindringlich an. „Sie haben erzählt, dass Daniel sich in den letzten Wochen verändert hat. Können Sie uns erklären, wie Sie das meinten? Wo lagen die Veränderungen?"

„Seine Freundin hat sich von ihm getrennt," begann Vera Felshart zögerlich und wippte das Baby dabei beruhigend auf und ab. „Nathalie und Daniel waren mehrere Jahre ein Paar, sie hat ihn wirklich aufblühen lassen. Als ich ihn kennengelernt habe, da war er noch ein schüchterner Student, der kaum die Zähne auseinanderbekam. Als sie sich dann in jemand anderen verliebt hat, hat ihn das schwer getroffen."

„War das vor vier Wochen?" fragte Jäger und zog eine kurze Grimasse in Richtung des Säuglings, der sie daraufhin glucksend anstrahlte.

„Nein, das ist jetzt schon etwa sechs oder sieben Wochen her," antwortete Stefan Felshart und überlegte kurz.

„In dieser Zeit war er wirklich tieftraurig und kam kaum aus seinem Zimmer. Dann schien er sich aber in die Arbeit stürzen zu wollen und wir waren schon erleichtert, bis er eines Tages, vor etwa vier Wochen, sein halbes Zimmer zerstört hat." Der Bruder des Lehrers schluckte.

„Ich kam von der Arbeit und er saß vor Wut zitternd in dem reinsten Chaos, doch er wollte mir nicht sagen, was los war. Danach hat er sich verändert," sagte er und seine Frau nickte bekräftigend. „Er war so unruhig, so leicht reizbar, so abwesend. Wir hätten uns mehr darum kümmern sollen."

„Wenn ein Mensch sich nicht helfen lassen möchte, dann sind den Angehörigen meist die Hände gebunden, Herr Felshart. Machen Sie sich nicht zu große Vorwürfe." Jäger sah nervös auf die Uhr. „Was können Sie uns zu der damaligen Misshandlung Ihres Bruders sagen? Es scheint, als hätte das Schicksal seines Schülers eine Menge ans Tageslicht befördert, was tief unter der Oberfläche gebrodelt hat. Wir müssen einfach mehr darüber erfahren."

Die Stimme des Mannes zitterte leicht, als er seine Erzählung begann.

„Daniel war noch ein halbes Kind, als seine Mitschüler ihm das angetan haben. Er war schüchtern und zurückhaltend, das haben sie schamlos ausgenutzt. Für sie war er die Schwuchtel. Und ich, als sein großer Bruder, ich habe grandios versagt. Ich konnte ihn nicht beschützen und habe nicht geahnt, zu was diese Leute fähig sein könnten."

Seine Frau tätschelte ihm das Bein und er versuchte, die Fassung wiederzuerlangen. „Es war furchtbar, wochenlang lag er im Krankenhaus und hat kein Wort gesagt. Nachdem er aus dem Koma erwacht war und nach Hause durfte, haben meine Eltern sofort beschlossen, von Norddeutschland hierherzuziehen, sie konnten die Blicke und das Getratsche ebenfalls nicht mehr ertragen. Während Daniel und ich die Kisten gepackt haben, hat er mir erzählt, dass es wirklich diese vier Jungen gewesen sind, noch dazu standen zwei Mitschülerinnen dabei. Ich habe geschworen, es niemandem zu erzählen, denn mein Bruder wollte einfach alles vergessen. Am Abend, bevor wir nach Frankfurt gezogen sind, bin ich allerdings zu Bastian, dem Jungen, der Daniel unter Anfeuerungsrufen seiner Freunde mit dem Stock misshandelt hat und habe ihn verprügelt, so wie ich noch nie jemanden geschlagen hatte."

Er sah auf und schaute sich in seinem Wohnzimmer um. „Danach haben wir alle versucht, weiterzumachen. Die Strafen für die Täter waren lächerlich, unter anderem, weil Daniel nicht aussagen wollte. Das hat mich so wütend gemacht! Heute sind diese Leute, die das Leben meines Bruders zerstört haben, Anwälte, Ärzte und Manager! Sie stehen mitten im Leben und noch dazu auf der absoluten

Sonnenseite. Das ist einfach nicht fair."

„War Daniel denn auch hier noch in Behandlung?" fragte Nina und konnte die Wut von Stefan Felshart nur zu gut nachvollziehen.

„Ja, er war bis zu seinem Studium regelmäßig bei einem Therapeuten. Daniel hatte gute Phasen und schlechte, doch wir alle hatten das Gefühl, mittlerweile wären die Wunden größtenteils verheilt. Aber offensichtlich hat seine Vergangenheit ihn eingeholt."

„Herr Felshart, haben Sie wirklich keine Idee, wo Ihr Bruder sich nun aufhalten könnte? Die Zeit drängt wirklich," sagte Kommissar Hess und deutete auf die silberne Uhr an der Wand über dem Sofa.

„Nein, bei dem Lieblingsplatz von ihm und Nathalie waren Sie ja garantiert schon, nicht wahr?"

Nina hob den Kopf und sah ihn verwirrt an. „Nein, wo ist das?"

Dieter Hess warf ein, dass Felsharts Exfreundin Stewardess sei und dass sie noch nicht mit ihr hatten sprechen können. Sie war auf einem Interkontinental-Flug, daher hatte keiner sie bisher erreichen können.

„Daniel und sie haben sich vor zwei Jahren gemeinsam für die Pacht eines kleinen Gartengrundstücks entschieden, quasi als ersten gemeinsamen Rückzugsort. Sie haben es sich dort schön gemacht, mit einer kleinen Hütte und einem gemütlichen Wohnwagen, dazu ein hübsch angelegter Garten mit Grillplatz und Beeten. Die beiden hatten dort im Sommer auch öfter Kollegen zu Gast, daher dachte ich, Sie wüssten darüber Bescheid. Die Parzelle liegt in einem

Gartenverein in Rödelheim." Stefan Felshart ging zur Kommode an der gegenüberliegenden Wand, um ihnen die Adresse aufzuschreiben.

Selten hatte Nina einen schnelleren Aufbruch erlebt. Sie hatten sich von dem Ehepaar Felshart verabschiedet und der blonde Mann hatte inständig gefleht, dass seinem Bruder nichts passieren würde, dann waren sämtliche Kollegen in ihre Autos gesprungen und losgefahren. Einige wenige waren noch damit beschäftigt, Daniel Felsharts Zimmer auf den Kopf zu stellen, der Rest von ihnen machte sich auf in Richtung Frankfurt.

„Dass wir das alles nur durch die ominösen Worte eines verzweifelten Teenagers erfahren," sagte Jäger, während sie Oberursel verließen und auf die Autobahn fuhren, „das macht mich fertig. Ohne dich Nordlicht hätte das alles noch viel länger gedauert und es wäre vermutlich um einiges schlimmer ausgegangen."

Sie sah auf die Uhr vor sich und schien ihre Anspannung durch ein anderes Thema in den Griff bekommen zu wollen.

„Hat Hamann sich nochmal bei dir gemeldet?"

Nina schüttelte den Kopf und gab Kommissar Gerhardt die neuesten Informationen durch. Dann beschloss sie, doch etwas zu der Frage von Jäger zu sagen. „Ich verstehe auch, dass er sich nicht meldet. Er steckt in der Klemme und will das Richtige tun. Ein Anruf bei mir wäre da genau verkehrt." Sie sah kurz aus dem Fenster. „Ich habe das abgehakt, glaub mir."

„So habe ich dich auch eingeschätzt," sagte Jäger lobend. „Du verkriechst dich nicht oder lässt dich hängen. Das finde ich super, Kleine."

Sie streichelte ihr seitlich die Wange und biss sich angespannt auf die Unterlippe. „Jetzt schnappen wir uns diesen durchgedrehten Typen. Ich hoffe bloß, dass wir Jan Petry noch an einem Stück vorfinden."

Nina hoffte dasselbe, doch aufgrund der vielen, vergangenen Stunden, befürchtete sie Schreckliches.

Der Garten der Vergangenheit

Seit Stunden ging es nun schon so. Er war frustriert, doch die Wut, die er an diesem kleinen Scheißer ausließ, wurde nicht weniger. Er hatte geweint und gebrüllt, besonders als er ihn mithilfe der Waffe, in seinen Kofferraum verfrachtet hatte.

Es war eine Wohltat gewesen, Jan Petry aus seinem Haus herauszuziehen und ihn als das zu erleben, was er wirklich war: ein armseliger Wicht. Er hatte hilfesuchend nach seiner Mama gebrüllt und nachdem er ihn mit der Pistole geschlagen hatte, waren ihm die Tränen über die Wangen gerannt.

Er war mit ihm zu seiner Parzelle gefahren, hier hatte er gerne die Sommerabende mit Nathalie verbracht. Nachdem er ihm Handschellen angelegt hatte, war seine Wut förmlich explodiert und er hatte so oft auf ihn eingeschlagen und seine Füße in den Leib des Schülers getreten, bis er völlig außer Atem gewesen war. Schließlich hatte er das blutende Etwas hochgehievt und mit den Handschellen an einem großen Messingring am Rand des schweren Holztisches festgeschnallt, sodass er wie ein nasser Sack an diesem angebunden war.

Er war kurz hinaus in den Garten getreten und hatte eine Weile auf der hellen Hollywoodschaukel gesessen.

Wie schnell das Leben sich veränderte. Er spürte beinahe die Arme von Nathalie, wie sie sich an ihn geschmiegt und ihn geküsst hatte, während der Duft des Grills den gesamten Garten erfüllte.

Dies war ihr Paradies gewesen, ihr Rückzugsort, doch nun gehörte seine Traumfrau einem Piloten. Einem Mann, dem alles im Leben geschenkt worden war und dem es einfach nicht zustand, noch mehr vom Schicksal geküsst zu werden. Er selbst hatte es verdient, Glück zu haben. Wieso wurde ihm dieses Gefühl immer weggenommen?!

Nathalie hatte Bescheid gewusst über seine Jugend und sie war ein wahrer Engel. Gerade deshalb war es, als hätte sie ihm mit ihren Worten das Herz herausgerissen. Die hübsche Frau hatte vor ihm gestanden und traurig dreingeblickt, als sie erklärte, dass ‚die Probleme seiner Vergangenheit' ihn noch zu sehr belasten würden und er ihr einfach in vielen Momenten zu trübsinnig war. Ihr fehlte die Leichtigkeit, sie wollte das Leben genießen und Felix strahlte eine Selbstsicherheit und Fröhlichkeit aus, die ihr aktuell guttat und zu der sie sich hingezogen fühlte. Es hatte so sehr geschmerzt, er hätte beinah gebrüllt.

Nach einigen Tagen, in denen es ihm wirklich schlecht gegangen war, raffte er sich auf und versuchte, sich durch den Unterricht abzulenken. Niemand an der Schule hatte ihm angemerkt, was bereits tief in ihm brodelte, für seine Schüler war er der entspannte und verständnisvolle Klassenlehrer gewesen.

Doch dann kam der Tag, als er den schüchternen Tim nach seinen vielen Fehlzeiten fragte. Der Junge erinnerte ihn stark an sich selbst als Teenager und er hatte ihm immer wieder erklärt, dass er sich nicht so zurückziehen solle und dass er bei Problemen für ihn da war. Jedes Mal hatte der Schüler abwesend genickt und Daniel wusste, dass die Worte ihn gar nicht wirklich erreicht hatten.

An diesem Tag jedoch, da brach es aus Tim Strobinger heraus. Er erzählte ihm alles, jede Art von Quälerei, die er seit Monaten durchlebte und dass *er kurz davorstand, sein Leben aufgrund dieser abscheulichen Jugendlichen beenden zu wollen. Die Wut, die sich in ihm selbst ausgebreitet hatte, war nicht zu beschreiben gewesen. Es passierte wieder, erneut vor seinen Augen. Und dieses Mal lag es an ihm, endlich für Gerechtigkeit zu sorgen.*

Nach einiger Zeit rief er sich selbst zur Ordnung und atmete noch einmal tief ein, ehe er zu seiner Geisel in die kleine Holzhütte trat. Er zuckte leicht zusammen, als sein Handy in der Hosentasche plötzlich vibrierte. Als er sah, wer ihn da gerade versuchte anzurufen, wusste er, dass man ihn erwischt hatte. Er nahm das Gespräch an und biss sich leicht auf die Lippe.

„Daniel, die Polizei war hier" begann sein Bruder und er erkannte an seiner Stimme, dass Stefan offenbar mit den Tränen kämpfte. „Bist du in Frankfurt? Sie wissen von eurem Platz in der Gartenanlage und sind eben gerade hier weggefahren. Ich denke, sie werden bald da sein."

„Danke für die Information, Bruder," sagte er leise und schloss für einen kurzen Moment die Augen. Sie hatten ihn also. Sie wussten, dass er es gewesen war. Der Psychopath, der andere Menschen verstümmelt. So würden sie es klingen lassen und so würde es im ganzen Land verbreitet werden.

Er hatte gewusst, dass das passieren würde, doch er hatte gehofft, noch etwas mehr Zeit zu haben, um die Ordnung wiederherzustellen. Aber es war klar gewesen, dass die Verhaftung von Tim Strobinger sein Untergang sein würde.

„Daniel, verdammt nochmal, wieso hast du das getan?" Stefan weinte mittlerweile hemmungslos und rief verzweifelt: „Wieso? Wir hatten doch einen Neuanfang! Wir haben alles für dich aufgegeben und unser

Möglichstes getan, damit es dir gut geht! Ist das der Dank dafür, dass Papa seinen Job geschmissen hat und dass ich sämtliche Freunde zurückgelassen habe? Du hattest die Chance, ein vollkommen normales Leben zu führen!"

„Das hatte ich nicht, Bruder," murmelte er. „Die Chance darauf wurde mir im Sommer 2005 genommen."

„Das ist absoluter Blödsinn und das weißt du auch!" Stefan war wütend und erneut schien er der Schuldige zu sein. Wieso sahen sie nicht, dass er jedes Mal zum Sündenbock auserkoren wurde? Er hatte keine andere Wahl, dieses Mal konnte er für Gerechtigkeit sorgen, das mussten sie doch verstehen!

„Ich habe dich bei mir aufgenommen!" brüllte Stefan nun außer sich. „Du wolltest nicht allein wohnen, also habe ich dich direkt von unserem Elternhaus aus bei mir einziehen lassen! Du warst unter einem Dach mit meiner Frau und meinem Sohn, du Psychopath!"

Er lachte und fragte in sein Handy: „Das bin ich für dich Bruder, richtig? Endlich sprichst du es aus. Ich war dir doch früher schon peinlich. Der uncoole kleine Bruder des tollen Stefan Felshart. Der Nerd, der regelmäßig verprügelt wurde und Angst hatte, in die Schule zu gehen. Und sind wir doch mal ehrlich, nachdem ich wie eine Schwuchtel vergewaltigt worden bin, hattest du doch gar keine andere Möglichkeit, als mit uns wegzuziehen! Du wärst doch ebenfalls zum Gespött geworden, das konntest du doch nicht zulassen."

Er drehte sich um und betrachtete Jan Petry, der mit zitternder Unterlippe zu ihm emporstarrte.

„Du bist kein Stück besser als alle anderen, Stefan. Eigentlich ähnelst du sogar dem Stück Dreck, dass ich hier vor mir liegen habe. Ich wünsche dir für die Zukunft alles Gute, bald hast du die Last nicht mehr, eine Schande als Bruder zu haben."

Er richtete einige letzte Worte an seinen weinenden Bruder und schluckte zuvor kurz. „Erzieh meinen Neffen zu einem Jungen, der weiß, wie man andere Menschen behandelt und gib ihm die Fähigkeit, Recht von Unrecht zu unterscheiden. Lass nicht zu, dass das Böse in der Welt ihn auch zu einem Ungeheuer macht."

Nach dieser Mahnung legte er auf und griff zu seinem Tablet, welches er bereits auf den schmalen Tisch in der Hütte gelegt hatte. Die beiden ersten Videos hatte er zuvor ordentlich zusammengefügt, sodass ein fließender Übergang von einer sabbernden Luisa Beil, der die Brüste entfernt wurden, zu einer verblutenden und jaulenden Kati Winter entstanden war. Nun startete er die erste Aufnahme von sich selbst und blickte dabei direkt in die Frontkamera.

„Was hier zu sehen war, geschieht all denjenigen, die Unrecht begangen und das Leben von anderen Menschen zerstört haben. Nichts bleibt ungesühnt und ich habe die schwere Arbeit angenommen, das Unrecht aus der Welt zu schaffen. Die meisten werden es nicht verstehen, doch vielleicht schaffe ich es, einigen von euch die Augen zu öffnen.

Amokläufe schockieren die Menschen, doch nach wenigen Wochen sind sie vergessen, genauso, wie das vorherige Leid derjenigen, die einfach keine andere Möglichkeit mehr gesehen haben. Aus diesem Grund bitte ich euch: Seid nett und nachsichtig mit euren Mitmenschen, quält sie nicht und *akzeptiert sie, auch wenn sie anders sind als ihr. Und Ihr alle, die ihr leiden müsst, hört auf, diesen Zustand als normal anzusehen! Tut es mir nach und nehmt Rache an euren Peinigern. Ihr müsst es bildlich dokumentieren, ihr müsst der Menschheit vor Augen führen, was mit Bestien geschieht. Ihr habt keine Quälereien verdient, also steht auf und handelt, genauso, wie ich es bei diesem Stück Dreck machen werde!"*

Der Lehrer holte Luft und beschloss, ein kleines Geheimnis preiszugeben.

„Ich mochte es die letzten Male sehr, wenn sie versucht haben, zu schreien. Es klang so verzweifelt, so jämmerlich, man möchte beinah lachen. Als ich misshandelt wurde, da haben sie gerufen: ‚Los, lauter! Hört, wie er schreit!' Dann haben sie sich kaputtgelacht."

Er blickte direkt auf sein an die Wand gelehntes Tablet, welches alles aufzeichnete. „Dieses Mal hatten sie dann so gar nichts mehr zu lachen." Mahnend hob er den Finger und beschloss, seine Rede nun langsam zu einem Ende kommen zu lassen, ehe er den letzten Teil des Videos an die gesamte Datei anhängen würde. „Ihr Anderen, ihr Schuldigen, seid froh, dass ich keine Zeit mehr habe, noch mehr Gerechtigkeit walten zu lassen. Ich hoffe, ihr werdet trotz allem in der Hölle schmoren."

Mit diesen Worten drehte er sich um und packte den Kopf von Jan Petry, der erneut in Panik geriet. Er band ihm ein Seil um den Hals und verknotete es mit einem Haken an der Wand hinter dem Jungen, sodass dieser straff fixiert war. Anschließend überprüfte er erneut die Festigkeit der Handschellen am Tisch und griff dann suchend in den großen Container mit Gartenutensilien.

Als er gefunden hatte, wonach er suchte, grinste er den Jungen ein letztes Mal an und sagte dann mahnend in Richtung der Kamera: „Er wird nie wieder jemanden schlagen oder zu Boden drücken können."

Daniel Felshart erhob die dunkelgrüne Säbelsäge und schaltete sie tief durchatmend ein. Das Sägeblatt begann, sich surrend zu drehen und als er es am fixierten Oberarm des Schülers ansetzte, riss es diesen schnell bis zum Knochen hin auf.

Unter dem schrecklichen Gejaule von Jan sah er erneut in Richtung der Kamera und wusste, dass er sich beeilen musste. Wenn der Arm vollständig abgetrennt worden war, musste er den Armstumpf von diesem schreienden Stück Scheiße notdürftig abbinden und das Video dann in den Sozialen Medien verbreiten. Anschließend würde er sich aufmachen, um selbst gerichtet zu werden.

Um Leben und Tod.

Als sie auf den Parkplatz der Kleingartenanlage fuhren, zuckte Nina heftig zusammen und erschrak aufgrund des Schreis, den Jäger nehmen ihr abgab. „Da ist er!"

Sie sah nach links und traute ihren Augen kaum. Felshart schlenderte in aller Ruhe an einer Reihe von Gärten vorbei, direkt in ihre Richtung und blieb dann beinahe abwartend stehen. In der Hand hatte er ein Tablet, seine Augen waren vollkommen starr auf die Schar an Polizeiautos gerichtet, die nun nach und nach auf den Parkplatz fuhren.

„Felshart, bleiben Sie stehen!" brüllte Jäger aus dem offenen Fenster und brachte den Wagen quietschend zum Stehen. Nina war bereits aus dem Auto gesprungen, noch ehe dieses angehalten hatte und nahm aus dem Augenwinkel Gerhardt und sein Team wahr, das ebenfalls angekommen war. Sie spurtete hinter dem Lehrer her, als dieser sein Tablet plötzlich fallenließ und rasend schnell in die entgegengesetzte Richtung davonspurtete.

Sie war nach wenigen Metern direkt hinter ihm und bekam ihn an seiner Jacke zu fassen, doch in diesem Moment blieb er wie angewurzelt stehen und schlug Nina seine geballte Faust ins Gesicht, noch ehe sie richtig bremsen konnte. Sie konnte keine Verteidigungshaltung einnehmen und nicht einmal ihren Arm zum Schutz erheben, so schnell war sein Wechsel von Flucht zu Angriff gewesen.

Nina stolperte einige Meter weiter und hielt sich instinktiv an einem Baum fest, während sie sich für sich selbst schämte. Jens hätte sie ausgelacht, dass sie sich von einem einfachen Sportlehrer die Nase brechen ließ, ohne sich irgendwie zur Wehr setzen zu können.

Der Schlag hallte noch immer in ihren Ohren und sie dachte einen Moment lang, dass sie ohnmächtig werden würde. Nach dem krachenden Geräusch sah Nina schwarze Flecken und helle Sterne vor ihren Augen tanzen. Ihr Kopf war nach hinten gedonnert und Blut lief ihr aus der Nase direkt in den Mund. Fluchend hielt sie ihre Hand davor und versuchte gleichzeitig, Felshart ausfindig zu machen. Dieser war bereits ein gutes Stück davongekommen und rannte quer durch die kleinen Gärten, über Hecken und durch Büsche hindurch.

Der Sportlehrer war schnell, verdammt schnell. Eigentlich hätte Nina rasch gleichauf mit ihm sein können, doch ihr war furchtbar schwindelig und durch ihre Nase konnte sie kaum mehr Luft holen. Als sie sich erneut in Bewegung setzte und den Mann schließlich einen Garten weiter erblickte, erkannte sie, dass es sich um seinen eigenen handeln musste.

Sie gab noch einmal Gas und schwang sich über das eiserne Gartentörchen. Dahinter stand nicht nur eine kleine Holzhütte mit bunten Blumenbeeten und weißen Gartenmöbeln davor, sondern auch ein älterer, beiger Wohnwagen.

Plötzlich blieb Nina wie angewurzelt stehen und erstarrte, als ein Schuss ertönte und die Kugel nur knapp an ihrem Kopf vorbei zu sausen schien. Schlagartig ging sie in Deckung und zog ihre eigene Waffe, während sie sich langsam dem Wohnwagen näherte.

Der Schuss war aus dem offenen Klappfenster abgegeben worden, hier hatte Felshart offenbar seine Waffe liegengelassen. Nina stand schräg unter dem Fenster und sah aus den Augenwinkeln, wie Jäger, Hess und Gerhardt sich ebenfalls näherten.

„Daniel, was soll das? Du hast keine Chance, da rauszukommen. Noch können wir über alles reden und dir helfen, das gilt aber nicht mehr, wenn du meine Kollegen oder mich verletzt."

Aus dem Inneren des Wohnwagens dröhnten statt einer Antwort weitere Schüsse und die ankommenden Polizisten gingen ebenfalls in Deckung. Schließlich ergriff der Lehrer doch das Wort und lachte dabei hämisch.

„Süße, ich bin katholisch erzogen worden. Ich weiß genau, wie aussichtslos meine Situation ist, also könnte ich mir hier drin selbst die Birne wegpusten."

Erneut schoss er auf zwei Kollegen, die hinter Bäumen Schutz suchten. „Aber das erlaubt mein Glaube nicht und ich werde bestimmt nicht als Sünder, als Selbstmörder, vor meinen Herrn treten."

„Aber als Mörder, der Teenagern das Leben genommen und zerstört hat?" brüllte Jäger ihm entgegen, als sie sich blitzschnell genähert und neben Nina gekauert hatte. „Oder gar als Polizistenmörder, Felshart?"

„Ich werde als Rächer zu ihm gehen, als jemand, der die Ordnung wiederhergestellt hat!" schrie der junge Mann. „Und wenn es sein muss, nehme ich einige von euch mit!"

Nina hatte genug gehört. Sie lief geduckt um den Wohnwagen herum, dessen Rückseite bereits von einem anderen uniformierten Polizisten erreicht worden war. Sie gab ihm ein Zeichen und kletterte lautlos zu dem dortigen Fenster, welches sich kinderleicht öffnen ließ.

Daniel Fehlshart stand etwa zwei Meter von ihr entfernt, er hatte ihr den Rücken zugewandt und brüllte ihren Kollegen auf der Vorderseite wilde Beleidigungen entgegen.

„Also los, bringt mich zu meinem Schöpfer!" Mit diesen Worten lehnte er sich aus dem Fenster und schoss eine junge Kollegin nieder, die versucht hatte, von links an die Tür des Wohnwagens zu kommen.

Schnell hob Nina ihre Waffe und schoss dem Lehrer, der sie noch immer nicht bemerkt hatte, in die linke Wade. Er sackte schreiend zusammen und ließ vor Schreck die Waffe fallen, welche Nina mit einem schnellen Sprung in das Innere des Wohnwagens zur Seite trat. Sie zuckte zusammen, als der kleine Raum von vorne gestürmt wurde und wankte leicht, als sie über ihm stand und auf Daniel Felshart hinabsah.

Er blickte ächzend zu ihr auf und klammerte sich an das Tischchen neben sich. „Du dämliches Miststück, dich hätte ich mitnehmen sollen!"

Mit einer fließenden Bewegung steckte sie ihre Waffe zurück, zog den schlanken Mann nach oben und schlug ihm mit aller Kraft ihre Faust ins Gesicht. Wie ein Brett fiel er nach hinten und blieb bewusstlos auf dem Boden liegen, während Nina fluchend ihren Kopf in den Nacken legte und merkte, dass ein neuer Schwall Blut daraus hinauslief.

Jäger hatte sich neben Gerhardt gekniet, der den bewusstlosen Täter fixierte und sah schnaufend zu ihr nach oben. „Ein Model wirst du mit der Nase jetzt nicht mehr."

Lachend spuckte Nina Blut auf den Boden und stemmte tief atmend die Hände in die Hüfte.

Sie hatten ihn. Sie konnte es kaum glauben und sah erleichtert auf den Mann zu ihren Füßen. Obwohl ihr komplettes Gesicht wehtat und sie am liebsten vor Schmerzen geweint hätte, war sie glücklich und fühlte sich wie elektrisiert. Jäger kam aus der Hocke zum Stehen, stellte sich neben sie und führte Nina an der Schulter aus dem Wagen hinaus. In dem kleinen Garten herrschte mittlerweile reges Treiben, Blaulicht war rings um den Gartenverein erkennbar und immer mehr neugierige Menschen näherten sich dem Geschehen.

Die beiden Frauen sah einen Moment lang wortlos hinauf in den klaren Oktoberhimmel, die Sonne hatte heute eine ungewöhnliche Kraft. Hess kam lautstark jubelnd und zutiefst zufrieden hinter ihnen aus dem Wagen, doch Nina und ihre Vorgesetzte nahmen die zunehmende Geräuschkulisse um sich herum kaum war.

Die Erleichterung war allen Anwesenden ins Gesicht geschrieben und sie genossen es stillschweigend. Irgendwann wandte Jäger sich zu ihr um und gab Nina einen heftigen Schmatzer mitten auf die Stirn.

„Gute Arbeit, Hamburg. Ich bin verdammt stolz auf dich."

Das Geständnis.

„So, Herr Felshart, dann fangen wir mal an."

Jäger und Nina hatten den Behandlungsraum des St. Elisabethen-Krankenhauses betreten, in dem der junge Lehrer nun lag, nachdem seine Schusswunde am Bein versorgt worden war. Nina selbst war mit Schmerzmitteln vollgepumpt worden und hatte noch immer leichtes Nasenbluten. Obwohl sie sich fühlte, wie von einem Profiboxer verprügelt, wollte sie bei Felsharts Vernehmung dabei sein.

Sowohl Jan Petry, als auch die verwundete Kollegin, befanden sich noch im OP. Dieser Mistkerl hatte dem Jugendlichen Furchtbares angetan und das Gefühl von Triumph hatte sich schnell in Bestürzung gewandelt, nachdem sie Jan angebunden und bewusstlos in der kleinen Hütte gefunden hatten.

Jäger klärte den Lehrer über seine Rechte auf und fügte anschließend hinzu: „Wir haben Ihr Video auf dem Weg hierher gesehen, daher ist der Fall relativ klar. Trotzdem sollten Sie uns noch einige offene Fragen beantworten."

„Etwa, was meine Beweggründe waren?" Felshart blickte wissend lächelnd geradeaus. „Meine Schüler, diese empathielosen Monster, sollten fühlen, was es heißt, erniedrigt zu werden und vollkommen ausgeliefert zu sein. Ich als Lehrer habe offenbar meinen Teil dazu beigetragen und versagt. Ich konnte nicht verhindern, dass es noch einem Jungen so geht wie mir. Was also blieb mir anderes übrig, als endlich etwas dagegen zu tun?"

„Schön der Reihe nach," unterbrach Nina den Lehrer und obwohl es ihr schwerfiel, siezte sie ihn. „Fangen wir mit Luisa Beil an. Wieso war sie die Erste, die Sie entführt haben und wieso haben Sie ihr die Brüste abgeschnitten?"

„Sind wir jetzt wieder beim ‚Sie'?" fragte Daniel Felshart und verzog die Lippen zu einem spöttischen Lächeln. An Jäger gewandt, sagte er: „Wissen Sie, ihre Kollegin geht ganz schön ran, wenn sie in Flirtlaune ist!"

Die Kommissarin runzelte die Stirn, allerdings ging sie nicht weiter auf seinen Kommentar ein. „Meine Kollegin hat Ihnen eine Frage gestellt."

Felshart seufzte. „Ist das nicht offensichtlich? Es war die Idee von dieser Schlampe, dass Tim sich vor allen zum Affen machen sollte. Und sie hat gefordert, dass er sich vor allen Anwesenden selbst befriedigen soll. Was für ein menschlicher Abschaum kommt auf solche Gedanken?"

„Und mit dem Entfernen ihrer Brüste wollten sie ein Statement setzen?"

Langsam nickte der Lehrer. „Natürlich sollte das Miststück Schmerzen haben. Aber ihre Bestrafung sollte fortlaufend sein und ich wollte, dass sie niemals wieder auf ihrem hohen Ross Platznehmen kann. Wer bewundert schon ein Mädchen, dass keine Titten mehr hat? Was glauben Sie, wie schnell die Bewunderung der

Anderen dann verschwunden ist, wenn man nicht mehr aussieht, wie die fleischgewordene Versuchung in Person?"

„Sie wollten Sie also dauerhaft schädigen und entstellen?" Jäger kratzte sich am Kopf. „Haben Sie Luisa aus diesem Grund anschließend einen Verband umgelegt und die zugefügten Wunden desinfiziert?"

Felshart nickte. „Sie sollte ja weiterleben können, sie musste sogar weiterleben, damit alle Welt sieht, was für ein Monster sie nun ist. Ich denke, selbst die besten Chirurgen werden es nicht schaffen, sie vollständig zusammenzuflicken und ich bete, dass sie ihre Narben ein Leben lang behalten wird."

Angewidert unterbrach Nina ihn: „Hat es dich geil gemacht, ihr wehzutun? Wieso hast du die Chance dann nicht genutzt, als sie wehrlos vor dir gelegen hat?"

Felshart lachte und schüttelte den Kopf. „Wofür halten Sie mich? Ich bin doch kein Vergewaltiger, kein Sexualverbrecher! Daran hatte ich absolut kein Interesse, es ging um eine lebenslange Bestrafung, damit die Fotze leidet und schlicht und einfach nicht mehr begehrenswert ist. Ich hätte ihr auch die Nase abschneiden können, aber dieses Mädchen war so frühreif und offenbar daran interessiert, mit so vielen Jungs wie möglich ins Bett zu gehen, da war das Symbol ihrer Weiblichkeit das Naheliegendste für mich."

Einen Moment lang starrte er gedankenverloren auf den Tisch vor sich. „Wissen Sie, bei meiner Misshandlung gab es auch eine wie Luisa. Bine hieß sie, zumindest wurde sie von allen so genannt.

Ich habe ihr Gackern bis heute im Ohr und wie sie ‚Weiter!' und ‚Tiefer!' gerufen hat. Die Anderen hätten nicht auf sie hören müssen, aber ihre Seele war genauso kalt, schmutzig und böse, wie der Geist von dieser blonden Schlampe."

„Was ist mit Kati Winter?" wollte Jäger wissen. „Sie hat nichts getan, sie war lediglich anwesend, als Tim schikaniert wurde. Wieso ausgerechnet sie?"

„Das ist es doch, genau das!" wütend sah Daniel Felshart die beiden an. „Sie hat nichts getan, rein gar nichts! Diese Leute sind die Allerschlimmsten. Wenn jeder Mensch nur tatenlos zusieht, wenn jemand anderem Leid zugefügt wird, in was für einer Welt leben wir da? Diejenigen, die schweigen und zusehen gehören genauso bestraft, denn sie nehmen Mobbing und Straftaten hin, ohne einzugreifen! Würde die Masse nicht schweigen, dann würde so etwas gar nicht passieren."

„Kati Winter war an diesem Abend hemmungslos betrunken, was auf diesem Video ganz klar zu erkennen ist. Haben Sie das total ausgeblendet?"

„Auch betrunken sollte jedem menschlichen Wesen klar sein, dass dort etwas Furchtbares passiert. Und sie hat Tim nicht nur an diesem Abend im Stich gelassen, sie hat die täglichen Hänseleien in der Schule stillschweigend hingenommen und ihrem Freund nicht geholfen. Er wurde von ihrer neuen Clique als Opfer auserkoren, also hat sie ihn fallen lassen. Sie sah zu und tat nichts, als er misshandelt wurde! Da musste ich einfach ein Zeichen setzen, ein

Zeichen für alle Menschen, die sich so verhalten, wie dieses falsche Miststück."

„Sie hat zugesehen, also beschlossen Sie, ihr als Symbol hierfür ein Auge zu nehmen?" fragte Nina bitter. „Sehr naheliegend."

„Aber wieso haben Sie sie getötet?" Jäger sah ihn abschätzend an. „Absicht oder Versehen?"

„Ich muss zugeben, dass ich hier gescheitert bin." Felshart blickte beinah schamhaft nach unten. „Ich bin kein Experte und wusste nicht, dass es wohl zu viel für sie war. Das andere Mittel hatte bei Luisa perfekt funktioniert und ich dachte, ich hätte Kati nur so viel gespritzt, dass sie vielleicht auf einem Trip und einigermaßen wehrlos ist. Aber ich wollte sie nicht töten, das schwöre ich."

„Wieso diese Reihenfolge? Wieso erst Kati und dann Jan?" wollte Nina nachdenklich wissen. „Immerhin hat er an diesem Abend das Kommando gehabt. Kati hat lediglich nichts unternommen."

Sie denken wirklich mit, Frau Hilbert," sagte er anerkennend. „Ich wollte mir Jan Petry direkt nach dieser Luisa vornehmen, aber er war einfach nie allein zu erwischen. Da die Zeit drängte und ich keinen zu großen Abstand wollte, habe ich mich dann für Kati entschieden."

„Und dann sollte es Jan Petry sein," schlussfolgerte Nina. „Er ist schwer verletzt und kämpft aktuell um sein Leben. Sie sollten hoffen, dass er überlebt, denn ihn haben Sie weitaus schlechter verarztet, als etwa Luisa."

Der Lehrer zuckte nur mit den Schultern, offenbar war ihm das weitere Schicksal des Jungen nicht mehr so wichtig. Er hatte die sogenannte Bestrafung auf Video, der Rest schien ihm gleichgültig.

„Wieso haben Sie Jan Petry mit solchem Ach und Krach entführt? Seine Mutter war zu Hause und zahlreiche Nachbarn haben die Schüsse gehört, das war mehr als unvorsichtig. War dies das zuvor geplante Ende? Oder haben Sie alle Vorsicht über Bord geworfen, da wir Tim Strobinger verhaftet hatten?"

„Aus diesem Grund wollte ich doch so schnell wie möglich weitermachen! Ich wusste, dass Sie Tim verdächtigen würden, aber ich hatte nicht damit gerechnet, dass er vor Hoffnungslosigkeit einen Mord gestehen würde! Ich habe mich dann direkt dem schlimmsten Monster zugewandt, da ich wusste, dass die Zeit knapp werden würde. Sie hatten Ihren mutmaßlichen Täter, daher konnte ich nur noch einen dieser Schuldigen zur Rechenschaft ziehen."

„Wen wollten Sie noch entführen? In dem Video sprechen Sie von Anderen, die froh sein sollen," warf Jäger ein. „Klären Sie uns auf."

„Luisa habe ich als Frau entstellt, da sie diese wirklich bestialische Idee gehabt hat. Kati wollte ich das Augenlicht nehmen, um zu zeigen, dass unterlassene Hilfeleistung genauso furchtbar ist. Und Jan, den starken und wilden Mädchenschwarm, den musste ich körperlich schwächen und ihn davon abhalten, noch einmal jemanden herum zu schubsen oder zu misshandeln."

Er sah zu beiden Frauen hinauf und sagte mit schonungsloser Ehrlichkeit: „Annika Zorn wollte ich die Zunge abschneiden, denn sie ist eine falsche, aufmerksamkeitssüchtige Schlange. Ich war letztes Jahr bereits dagegen, dass sie Klassensprecherin wird, da ich ein paar ihrer Intrigen mitbekommen habe. Und Vincent Uhland, dem talentierten Fußballer, der unbedingt dazugehören möchte, dem hätte ich sehr gerne noch sein wichtigstes Körperteil genommen, dem klassischen Linksfuß."

Fassungslos schüttelte Nina den Kopf. „Denken Sie wirklich, Ihre Erfahrungen und das Mobbing, welches Sie erleben mussten, geben Ihnen das Recht zu solchen Taten? Wenn Sie glauben, Sie dürften andere verletzen, dann sind Sie kein Stück besser, als jeder andere, dahergelaufene Verbrecher."

Schnell schüttelte Felshart den Kopf. „Es geht nicht um mich, verstehen Sie das doch! Es geht um Tim und um jeden anderen Menschen, der von anderen misshandelt oder aufs Schlimmste gedemütigt wird! Von empathielosem Abschaum, der sich über Andere stellt. Ja, ich wollte diese Arschlöcher bestrafen, ich wollte sie an den Pranger stellen und zeigen, dass solche Geschöpfe nicht mit allem durchkommen! Die Täter von damals wurden nie wirklich bestraft, ich hatte einfach nicht den Mut dazu. Doch nun konnte ich endlich damit beginnen, die bösen Menschen aufzuhalten!"

Er tippte mit dem Finger auf den Tisch und sah mit einem Mal tief traurig aus. „Wenn ich auch nur einem einzigen Menschen die Augen geöffnet habe und diese Person es sich nun zweimal überlegt, ob sie jemandem wehtun oder sich an Mobbing beteiligen möchte, dann habe ich alles richtig gemacht."

Die letzten Sonnenstrahlen.

Es war ein wunderschöner Herbsttag, die Sonne strahlte vom Himmel und ließ das bunte Laub auf dem Boden in den tollsten Farben erstrahlen. Nina hatte nur eine leichte Jacke an, als sie mit einem Kaffee in der Hand den Schaumainkai entlangschlenderte.

Von hier hatte man einen tollen Blick auf die Frankfurter Skyline, die Innenstadt war durch den Eisernen Steg vor ihr mit Sachsenhausen verbunden und die hohen Gebäude funkelten beinah in dieser tollen Herbstkulisse.

Sie sah Jäger auf sich zukommen und winkte ihr fröhlich zu. Es war Donnerstag und Nina kämpfte noch immer mit den Folgen einer heftigen Gehirnerschütterung. Nachdem sie Daniel Felshart am späten Dienstagabend in der Klinik zurückgelassen hatten, natürlich streng bewacht, war sie schnurstracks bei sich zu Hause auf die Couch gefallen und hatte anschließend den gesamten Mittwoch mit dröhnendem Kopf über der Toilette verbracht.

Am heutigen Tag war sie krankgeschrieben, doch morgen wollte sie wieder fit sein und ihre Kollegen beim offiziellen Abschluss des Falls unterstützen.

Jäger hatte ihr beinah stündlich Nachrichten gesendet und gefragt, wie sie sich fühle. Schließlich hatte Nina vorgeschlagen, sich doch zu einem kurzen Spaziergang zu treffen, ehe ihre Vorgesetzte ins Präsidium fuhr.

Während der Main gemächlich an ihnen vorbeifloss und die meisten Menschen an ihnen vorbei zur Arbeit eilten, hatte Jäger Nina erreicht und umarmte sie kräftig.

„Na du Patientin, wie fühlst du dich?" Stirnrunzelnd begutachtete sie Ninas geschwollenes Nasenbein. „Da hat er dich aber auch erwischt!"

„Halb so wild," antwortete sie und winkte ab. „Ich muss nicht operiert werden, das ist die Hauptsache. Ein paar Tage noch kalte Kompressen auf die Nase drücken, dann ist alles wieder in Ordnung!"

„Übertreib es nicht, Kleine," mahnte Jäger und hakte sich bei ihr ein. „Wir haben es geschafft, der Rest ist absoluter Kleinkram. Aus diesem Grund haben wir uns mal eine Auszeit verdient, auch du, mein fleißiges Bienchen."

Nina trank einen Schluss von ihrem Kaffee und fragte: „Du willst mir allen Ernstes erzählen, dass du dir freinimmst? Das schaffst du doch nicht lange!"

„Ich werde am Wochenende zu meinem Jüngsten fahren, irgendwie muss ich auch mal etwas anderes sehen, als diese dreckige und doch faszinierende Stadt," lachte Jäger. „Danach werde ich mich wieder in die Arbeit stürzen, aber dieser Fall, der hat selbst mich geschlaucht."

„Gibt es denn etwas Neues?" wollte Nina wissen, „was habe ich verpasst?"

Jäger blickte über den Fluss hinüber auf die andere Seite.

„Ich war gestern bei der Staatsanwaltschaft, dort ist alles klar und Felshart wird direkt vom Krankenhaus aus ins Gefängnis wandern. Bei der Verhandlung sind wir dann die Ehrengäste."

Als Nina etwas erwidern wollte, begann ihr Handy in ihrer Jackentasche zu vibrieren. Es war eine ihr unbekannte Frankfurter Festnetznummer und sie starrte grübelnd auf das Display. „Geh ruhig ran, ich hole mir dort hinten auch einen Kaffee," beeilte Jäger sich zu sagen und wandte sich um.

Verwundert nahm sie das Gespräch an. „Hallo?"

„Ich wollte dir nur kurz gratulieren, bitte leg nicht auf. Ihr habt wunderbare Arbeit geleistet und dazu wollte ich euch von Herzen beglückwünschen."

Bei dem Klang von Bens Stimme zog sich ihr Magen zusammen, doch nach einem kurzen Räuspern gelang es ihr, mit klaren Worten zu antworten.

„Vielen Dank, Herr Staatsanwalt. Schön, dass meine Kollegin bereits alles mit Ihnen besprochen hat."

„Das hat sie," bestätigte er, „sie hat mir auch gesagt, ich solle dich doch einmal anrufen, damit wir alles irgendwie aus der Welt schaffen können. Eine sehr schlaue Frau, die gute Ricarda Jäger."

Nina drehte sich um und sah, wie ihre Vorgesetzte sie ertappt lächelnd vom Stand des kleinen Cafés aus ansah. Als wolle sie mit ihr schimpfen, hob Nina mahnend den Finger und grinste ihr zu.

„Wie geht es dir, Nina? Ich würde gerne beim ‚du' bleiben, trotz allem, was geschehen ist. Konntest du dich von deiner Gehirnerschütterung erholen?"

„Mir geht es gut, nur meine Nase tut verdammt weh. Vielleicht sollte ich sie nicht immer in fremde Angelegenheiten stecken," sagte sie provokant und lächelte dabei. „Wie läuft es bei dir und deiner Frau?"

Ben schien nach den richtigen Worten zu suchen. „Diana ist im Moment bei ihrer Schwester. Ich weiß, du wirst mich für einen Feigling halten, aber wir werden es, mit ein wenig Abstand, wohl noch einmal miteinander probieren. Wir kennen uns schon so lange und ich bin ein echtes Arschloch, weil ich gleich zwei tollen Frauen wehgetan habe. Dass sie dich geschlagen hat, tut mir schrecklich leid."

„Sie schlägt weniger hart als Daniel Felshart," gab sie lapidar zurück und beobachtete die Sonnenstrahlen, die sich auf dem Main spiegelten. „Mein Gesicht hält einiges aus. Und dir mache ich keine Vorwürfe, Ben. Ich bin ein erwachsener Mensch und ich habe mich auf dich eingelassen. Ich hätte auch um Hilfe schreien können."

Er lachte. „Das heißt, wir können versuchen, nach wie vor ein gutes Verhältnis zu wahren? Und ich bekomme bei eurem nächsten Besuch in meinem Büro keine geknallt?"

„Ich denke, das hat deine Frau bereits erledigt, oder?"

„Richtig." An Bens Stimme hörte man, dass er lächelte. „Du bist ein toller Mensch, Nina. Ich wünsche dir nur das Allerbeste."

Nachdem sie aufgelegt hatte, sah sie einen Moment gedankenverloren auf ihren leeren Kaffeebecher. Es war komisch, doch sie hatte nicht gelogen. Das Thema Ben Hamann war abgehakt und sie glaubte, wirklich professionell mit ihm umgehen zu können.

Sie selbst würde nun eine ganze Weile die Finger von Männern lassen. Nach verheirateten Staatsanwälten und geisteskranken Entführern war das auch bitter nötig.

Nina lachte und während sie langsam auf Jäger zuging, merkte sie, wie wichtig die Kommissarin ihr mittlerweile geworden war.

„Du bist wohl angekommen," sagte sie leise zu sich selbst und nahm wortlos neben der Kommissarin auf einer kleinen Bank Platz. Schweigend betrachteten die beiden die Frankfurter Skyline, bis Jäger ihr schließlich den Arm um die Schulter legte.

„Willkommen in Frankfurt, Kleine."

Sieh nicht weg.